授かった天使は秘密のまま

ジェニファー・テイラー 作

泉 智子 訳

ハーレクイン・イマージュ

東京・ロンドン・トロント・パリ・ニューヨーク・アムステルダム
ハンブルク・ストックホルム・ミラノ・シドニー・マドリッド・ワルシャワ
ブダペスト・リオデジャネイロ・ルクセンブルク・フリブール・ムンバイ

THEIR BABY SURPRISE

by Jennifer Taylor

Published by Harlequin Japan, a Division of K.K. HarperCollins Japan, 2023

ジェニファー・テイラー

心温まる物語を得意とし、医療の現場を舞台にしたロマンスを好んで執筆した。科学研究の仕事に従事した経験があるので、すばらしい登場人物を創造することはもちろん、作品を書く際の調べ物もとても楽しんでいたという。夫を亡くしてからは、ランカシャーにある自宅と湖水地方を行き来する生活をしていたが、2017年秋、周囲に惜しまれつつ永眠した。

主要登場人物

レイチェル・マッケンジー……総合診療医。
ロス……レイチェルの息子。総合診療医。
ヘザー……ロスの元婚約者。
マシュー・トンプソン……ヘザーの父親。レイチェルの同僚。総合診療医。
キャロル・ウォルターズ……受付係。実務マネージャー。
ジェンマ・クレイヴン……准看護師。
フレイザー・ケネディ……非常勤医師。

1

マットがいくら平気を装ったところで、レイチェル・マッケンジーの目はごまかせなかった。マットこと、マシュー・トンプソンが一人娘のヘザーをとても愛していることは、まわりの誰もが知っている。そのヘザーが自分の結婚式を取りやめて、ここダルヴァーストンを出ていくことにしたのだから、彼の心中は察するに余りあるというものだ。

レイチェルはマットに続いて彼の家に入りながら、ため息をついた。自分にとっても、こんなにつらいことはない。マットの娘と今日結婚することになっていたのは、自分の息子のロスだったからだ。あの子がどれほど打ちのめされているかは想像もつかない。

「きみはどうか知らないが、ぼくは一杯飲みたくてしかたがなかったんだ」マットは居間へ入っていくと、酒が並んだ窓際のテーブルのところへまっすぐ行って、ウイスキーのボトルを手に取り、彼女を見やった。「きみもどうだい、レイチェル?」

「そうね、少しだけいただこうかしら」レイチェルはソファに腰をおろして顔をしかめた。「もうくたくたで、お酒を一口飲んだだけでも寝てしまいそうだから」

「とんでもない一日だったからな」マットは相槌を打ち、カットグラスのタンブラー二脚に少量のウイスキーを注いだ。そして一脚をレイチェルに渡すと、ソファに腰をおろし、彼の心境を雄弁に語るため息をついた。レイチェルは酒をちびちび飲みながら、マットの様子をうかがった。

いつもの彼は、活力に満ちあふれていて、実年齢よりずっと若く見える。忙しい総合病院を切り盛りし、気概を持ってダルヴァーストンの人々のために尽くすという、誰もまねのできないことをしている。だが今日は、四十八歳という年齢が顔に出ていた。そのハンサムな顔に深いしわが刻まれている。

百八十センチの長身に、たくましい体つき、ふさふさした黒髪のこめかみに白いものが見え始めたマシュー・トンプソンは、とても魅力的な男性だ。そう思っているのは自分だけではないと承知している。わたしの友人たち、それも独身だけでなく既婚の友人までもが、彼のことをすてきな人だと言う。彼女たちにこう言って聞かせるのがレイチェルの役目になっているほどだった。わたしはそんなふうには思わないわ。マットのことはただの同僚か友人としか見ていないから、と。

その役目は自分のためにもなっているのでは？　ふと、そう思った。わたしは当分のあいだ誰ともつきあう気はないし、それは別としても、マットとわたしがどうにかなるなんてことは絶対にありえないのだから。そう考えたとたん、何か痛いところを突かれたような妙な感じに襲われ、レイチェルは咳払(せきばら)いをした。どうしてこんなことになるのか、わけがわからない。

「大事故の負傷者の手当てに向かうことになったとあなたから電話があったときは、信じがたかったわ。よりによって今日みたいな日に……」レイチェルの声は小さくなっていった。今日が最悪の日である理由は、いちいち説明するまでもない。自分たちの子供たちの結婚を祝う代わりに、運河のほとりで発生した深刻な事故の後始末に追われるはめになったのだから。

「おかげで気晴らしにはなったけどね」自分がいかに心ない発言をしたかに気づいて、マットは顔をしかめた。「すまない。そんなつもりで言ったのではないんだ。クレーンが倒壊して、多数の重傷者が出た。だけど、人々の身にそんなことが起こればいいなんて、けっして思ったりはしないさ」

「わかっているわ。でも、あなたの言うとおりでもあるわよ、マット。人々の手当てをしているあいだだけは、あのことを忘れていられたもの」ひどいことを言ってしまったと彼が悔やまなくてすむように、レイチェルは急いで言った。

「たしかにね」

マットは小さくほほえんでみせると、グラスを口に運んだ。彼はめったに酒を飲まないし、ましてや昼間に飲むことはなかった。それがこうして飲まずにいられないというのは、よほどのことなのだ。そう思うと胸が痛み、そんな自分にレイチェルは驚いた。ロスのことを思って途方に暮れるのは当然だとしても、マットが落ち込んでいる様子を見て、こんな痛みを覚えるのはどういうわけだろう？

考えたところで答えは出ず、レイチェルは気にするのをやめることにした。うちから派遣されたほかのスタッフと一緒に事故の負傷者の対応に当たっていたロスは無事に帰宅しただろうか。そちらのほうが大事だ。レイチェルはポケットから携帯電話を取り出して立ち上がった。マットがこちらを見上げ、二人の目が合った。そのとたん、どうしたことか、レイチェルは身がぞくぞくするのを覚えた。

「ロスは大丈夫か、電話してみようと思って」背筋に走る妙な震えを抑えようとしながら言った。何よりも悩ましいのは、もう久しく、こんなふうになった覚えはないということだ。こうならないように感情をしっかり制御してきたのに。きっと、今日はいろいろなことがあったせいだろう。

わたしは今日の結婚式をずっと楽しみにしてきた。息子にも愛する女性ができて、これからはその人があの子をそばで支えてくれる、と。自分自身はこの先の人生をともにしたいと思うような相手に出会ったことはないけれど、結婚はいいものだと思っている。幸せな結婚生活を送るのはすばらしいことだと固く信じている。

わたしの心がこんなにも乱れているのは、息子の将来に期待をかけていたものがすべて泡と消えて、がっくりしているせいではないかしら？　ふと、そう思った。記憶をたどってみても、わたしはこういうふうに感情的になったことはないのだから。そう考えれば、今日の自分のおかしなふるまいにも説明がつく。

「ぼくはコーヒーをいれてくるから、そのあいだに電話するといい」マットはグラスをテーブルに置いて立ち上がった。そしてレイチェルのグラスを取って自分のグラスの隣に置くと、肩をすくめた。「アルコールでは解決策になりそうもないからね」

「そのようね」そばを通ってキッチンに向かう彼に、レイチェルはほほえんでみせた。だが、自然にふるまうのは大変だった。今のわたしは、いつものような自制心をなくしている。それが心配だ。マットの前でばかなことをしでかしたくない。

レイチェルはロスの電話番号を押しながら、そっとため息をついた。マットとわたしはとてもいい関係にあると、ずっと思ってきた。お互いに信頼の置ける仕事仲間で、職場の外でも気楽な友達づきあいをしている。このところは、子供たちの結婚式のプラン作りを手伝うので彼と一緒に過ごすことが増え、レイチェルはそれを楽しいと思うようにもなっていた。そのうちに、わたしはマットのことを単なる同僚ではなく、男性として意識するようになっていたのでは？　多くの時間を一緒に過ごしたことで、彼を見る目が変わったのかも？

だとしたら、どうしよう。マットを見る目を修正したほうがいいのかどうか、よくわからない。現状や予測不可能なことを変えようとするのは、かえって危険だという気がする。とくに、わたしは予測不可能なことに対処するのが苦手だ。自分の中に枠組みを作ったほうが生きていきやすい。細かく仕切った枠の中に、自分のまわりの人々やできごとをきちんと整理して入れておくのだ。そうすれば、それらへの対処法が見えてくる。

　レイチェルは顔をしかめた。あまり好ましい生き方とは言えないわよね。でも、わたしはずっとこれでやってきたのだし、うまくいってもいた。今日の結婚式のことでうろたえているのはしかたがないとしても、感化されすぎるのはよくない。式が取りやめになったショックから立ち直ったら、きっといつもの生活が戻ってくるのだから。

　マットはケトルの電源を入れ、挽（ひ）いたコーヒーの缶を冷凍庫から取り出した。コーヒープレスに粉を数杯入れると、宙を見つめて、湯が沸くのを待った。

四時前か。ことが計画どおりに進んでいたとしたら、今は披露宴を楽しんでいただろう。自分のスピーチに向けて心の準備をしているころだ。とはいえ、スピーチをするのはべつに苦ではない。ヘザーとロスの末永い幸せを祈るのは、ぼくの望みだったから。このときが来るのをぼくはずっと楽しみにしていた。娘は理想的なパートナーを見つけたものと思っていたが、それはぼくの希望的観測にすぎなかったのだろうか？　ヘザーはそうとは言わなかったが、悪いのはぼくで、娘にロスとの結婚を押しつけてしまっていたのでは？

　どうやらそれは当たりだという、いやな感じがする。娘がロスのように信頼の置ける相手を見つけてくれて、こんなにうれしいことはないと、ぼくは有頂天になり、実のところ二人はそこまでの関係ではないのかもしれないというサインを見落としていたのだ。ぼくは娘に何よりも安心を手に入れてほしいと、自分の願望を押しつけた。今はそれを後悔するばかりだ。深く。

　妻のクレアを亡くしたぼくが、娘のことは自分がしっかり守ると誓っていようとも、ヘザーには安心よりもっと欲しいものがあったのだ。娘は愛や笑いにあふれた楽しい家庭が欲しかったのだろう。そうしたものをロスがあの子に与えてやれたかどうかは疑問だ。

　そういえば、あの二人にはきらきらしたときめきのようなものが見受けられなかった。今になればそう思う。男女の関係を一つ上のレベルに引き上げるには、そうした別次元のものが必要だ。ぼくとクレアにはそれがあった。だから、彼女以外の誰かと恋に落ちることは想像もできないのだ。ぼくの心にそのような火花をともしてくれる女性がほかにいるとは思えない。

「ロスは帰宅していたわ。ぼくは大丈夫だと言うのだけど、わたしを心配させないように、そう言っているだけでしょうね」

　レイチェルがキッチンに入ってきた。そして深いため息をつきながら、携帯電話を見つめた。息子が本当のことを言っていたかどうかは、携帯を見ればわかるはずだというように。マットは自分の中に緊張が高まってくるのを覚えた。レイチェルはそうしてうつむいているので顔がよく見えない。そのせいか、いつもと違ったふうに見える。まるで急に別人になったようだ。

　レイチェルが顔を上げた、見慣れているはずなのに不思議と目新しく見えるその顔の造作を眺めていると、胸が妙にどきどきしてくる——上品な小さい鼻に、なだらかなカーブを描く頬、今は口紅がはげ落ちた官能的なふっくらした唇。結婚式用にまとめた栗(くり)色の巻き毛はつややかで、ふわりと顔にかかった後れ毛に思わず触れてみたくなる。この手のひらや指先で、あの柔らかな髪の感触を確かめたくてたまらない……。

マットは息を大きく吸い込んで、その考えを抑えつけた。髪を撫でようなんて、今後いっさい思わないことだ！

「ロスはヘザーから何か連絡があったと言っていたかい？」気持ちを切り替えて声をかけると、ケトルを手に取った。湯をポットに注ぎ、プッシャーを押し下げる。先にコーヒーを抽出するのをすっかり忘れて。

「いいえ。正直に言うと、それは尋ねなかったの。ごめんなさい」

レイチェルのきれいな顔に申し訳なさそうな表情が浮かび、そのとたん、彼女が別人のように思えていたのが錯覚だった気がした。レイチェル・マッケンジーが戻ってきた。ぼくが敬愛する人が。これでなじみのテリトリーに戻ったと、マットはほっと一息ついた。たいしたことじゃないさと自分に言い聞かせながら、食器棚からマグカップを二つ取り出す。今日はストレスの多い一日だったせいで、少しばかりおかしくなっていただけだ。何も心配することはない。

「いいんだ。もしヘザーから電話があったなら、ロスはそう言っているさ」なだめるように言いながら、カップにコーヒーを注ぎ、出がらしみたいになっているのを見て、顔をしかめた。「だめだな、これは。いれ直すよ」

「大丈夫よ、気にしないで」

レイチェルは一方のカップを取って、テーブルに運んだ。席に着く彼女のしょげ返った様子を見て、マットの胸は痛んだ。今日のできごとはレイチェルにとっても大きな痛手だったのだ。そう思うと、どういうわけか、ますます落ち着かなくなってくる。

彼女のように優しくていい人が、こんなふうにつらい目に遭っていいわけがない。

マットもテーブルに着き、適切な言葉を探した。彼女のために場の空気を少しでも軽くしてやれたらと。「ロスにとってはものすごくつらいことだと思うけど、彼はきっと乗り越えてくれるさ、レイチェル。見守ってやろう」

「そう思う?」レイチェルが顔を上げると、大きな茶色の目に涙が浮かんでいるのが見えた。「何もしてやれないのはつらいわ、マット。もちろん、ロスはもう大人なんだし、自分の人生は自分でなんとかできるとわかっている。でも、なんといってもあの子はわたしの息子だし、心から愛しているの」涙があふれて頬を伝い落ちた。「あの子がこんなふうに傷ついていると思うと、耐えられない」

「そうだね。きみの気持ちは痛いほどわかるよ」

マットはテーブル越しにレイチェルの手を握った。彼女の手は自分の手にすっぽりおさまるほど小さい。それを見ると、意外な感情がわいてきた——ぼくが彼女を守ってやらなくてはという思いやりの気持ちでいっぱいになる。マットは咳払いをしたが、レイチェルには気づかれていないにしても、自分の声がかすれているのがわかった。

「ヘザーもロスもしばらくは苦しいと思うが、きっと最後には丸くおさまるさ」

マットは不安に駆られて手を引っ込めた。いったいどうしたことだ? ぼくはどうしてこんな気持ちになっている? これはレイチェルなんだぞ。長年一緒に仕事をしてきた人。信頼の置ける同僚であり、友人だ。ところが、そうした描写はもはや当てはまらない気がする。以前ほどしっくりとはこない。レイチェルにはまだまだほかの側面があって、ぼくがそれに気づいていなかっただけということか。

いや、それは違う。マットは眉根を寄せた。正直なところ、少し前からぼくの彼女を見る目が変わってきていたのだ。この数カ月、結婚式の打ち合わせで彼女と一緒に過ごすことが多くなった。ぼくはいつしか、その時間を楽しみにするようにもなっていた。レイチェルはもはや、ただの同僚や友人ではない。ぼくは彼女を女性としても見ている。それも、とても魅力的な女性だと。

そう思い当たって、マットは愕然とした。妻を亡くしてから初めて、ぼくはほかの女性を異性として意識している。そんな感情はとっくの昔になくしたと思っていたのに、まだこうして息づいているなんて、とても信じられない。にわかに、全身がかっと熱くなってきた。こうなったら、もう止めようがない。テーブルの向こうのレイチェルに視線をやってみる。何よりもまず目につくのは、女性としての彼女だった。レイチェルをこの腕に抱きたい。彼女と、ならベッドをともにしたいと思う。

2

「ごめんなさい、マット。このことではあなた++だってわたしと同じくらい、つらい思いをしているはずなのに」

レイチェルはポケットからティッシュペーパーを取り出すと、涙をぬぐった。マットにさらなるストレスがかかるような状況だけにはしたくない。

「何も謝ることはないよ」マットはすぐさま言ったが、レイチェルはとまどいを覚えて彼を見た。なんだかおかしな言い方だ。怒っているとか、気を悪くしている様子でもない。ただ……変なのだ。

「大丈夫?」気になって尋ねてみた。彼の顔がもっとよく見えるように身を乗り出しながら。十二月初旬ともなると、日が暮れるのが早い。部屋の明かりもつけていなかったので、マットの顔は陰になって、表情がはっきり見えない。

「大丈夫だ。たぶん、今朝のことでちょっと動揺しているだけさ」今度はさっきより普段の彼に近い言い方だったので、レイチェルはほっとした。

「二人ともそうよね。結婚式は取りやめになったとロスから今朝聞かされたときは、仰天したわ」レイチェルは小さくため息をついた。「正直、どうしてこんなことになったのか、まだ理解に苦しんでいるの。あの子とヘザーは申し分のないカップルだと、ずっと思っていたから。あなたもそうでしょう？」

「うん、ああ」

ためらっている様子のマットを見て、レイチェルは眉をひそめた。「なんだか疑いを持っていたような言い方ね。そうなの？」

「今日のことがあるまでは疑っていなかった。だが、今はそうでもない」

マットは立ち上がって明かりをつけると、テーブルに戻ってきた。彼の緑色の目になんらかの感情がちらついて見えるが、それを読み取るのは難しい。

「二人が結婚しても、うまくいったとは思えないということ？」彼の言葉の意味をのみ込もうとしながら、ゆっくり尋ねた。

「正直に答えると、ぼくにはもうわからないということだ。あの二人はお似合いだと思っていた。だが、さっきコーヒーをいれながら、そのことについて考えていて気づいたんだ。あの子たちには何かが欠けていたと。男女の関係を本当に特別のものに仕立てる、きらきらしたときめきのようなものが見受けられなかった」

「本当にそう思っているの？」レイチェルは驚いた。

「ああ。もっと早くに気づけばよかったと思うよ。そうすれば、二人を結婚に追い立てたりしなかったのに」

「あなたは追い立てたりなんかしていないわ、マット！」レイチェルは叫んだ。「結婚はあの子たちが自分で決めたことよ。それについては、あなたも、ほかの誰も関係ないわ」

「そう思えたらいいんだが、この騒動の責任の大半はぼくにあるという、いやな感じがしていてね」

「ばかばかしい！」驚いて彼女を見つめるマットをレイチェルはにらみつけた。「悪いけど、まさにそうよ――まったくばかげているわ。あの子たちは二人とも大人よ。自分の気持ちくらい、ちゃんとわかっているわ。あなたの思いは関係なかったはずよ」

「そうだといいが」マットはちらりとほほえんでみせたが、納得していないことは明らかだ。自分のせいでこんなことになったと思っていて、それがますます彼を苦しめる事態になっているのだ。

とはいえ、ほかに彼を説得する言葉も見当たらず、レイチェルはこの問題をそのままにして、代わりに運河のそばで起こった事故の話をした。あの事故の負傷者を十数人は手当てした。こういうときは、事後にカルテを突き合わせておくと、役に立つことが多い。やがて玄関ホールの時計が正時を告げるのを聞いて、レイチェルはもう帰らなければいけない時間だと気づいた。

「そろそろ帰らないと」そう言って立ち上がった。

「家まで送っていくよ」マットはすぐさまそう言うと、玄関ホールまでついてきた。事故のとき、レイチェルは彼の車に拾ってもらって病院のほかのチームと一緒に現場へ向かったので、自分の車はここにないのだった。だが、家は歩いて十分で帰れるところにあるので、彼の申し出を急いで断った。

「その必要はないわ、マット。ここからなら歩いて楽に帰れるから。あなたを家から引っぱり出すまでもないわ」

「いや、外は暗い。あの細道をきみ一人で歩かせるわけにはいかない」マットはレイチェルにそれ以上あらがうひまを与えず、コート掛けから自分のコートを取った。レイチェルは譲歩することにした。こんなことで騒ぎ立ててもしかたがない。

家にはわずか五分で着いた。このコテージはレイチェルがダルヴァーストンへ越してきたときに購入したもので、この数年、手間ひまをかけて修復してきたのだった。このコテージの風変わりなところと年季の入った感じが大好きで、裏が川というロケーションも、言うまでもなく気に入っていた。ただ、車が表に着いたとき、真っ暗な窓を目にして、少し気が滅入ったことは認めざるを得ないけれど。

普段は独り暮らしでも平気だ。ロスを産んだのはレイチェルがまだ十代のころで、ボーイフレンドと初めてそういうことをしたときに妊娠してしまったのだった。相手はレイチェルより一つだけ年上で、その若さゆえに、子供ができたことに対する責任を取りたがらなかった。

レイチェルは両親の助けを借りてロスを育て上げた。両親にも子供にもいい暮らしをさせるために、懸命に働いた。幼い子供をかかえて医学部に合格するには相当の決意が必要だったが、レイチェルはそれをやり遂げた。そのあとはロスが大きくなるにつれて楽になっていった。ただ、レイチェルがその忙しい生活の中に一つだけ取り入れてこなかったものがある。それは、男性ときちんとしたつきあいをする時間だ。

過去に男女の関係になった相手は二人いたし、今もたまに男性とデートに出かけたりはしている。でも、それだけだ。かかわりのあった数少ない男性たちとは、理論上はうまくいきそうでも、その誰とも長くつきあう気にはなれなかった。恋愛にはいろいろ厄介なことがつきものだから、したいとは思わないというのが本音だ。なにしろ、最初の経験がひどすぎたから。わたしは今のままの生活で文句なしに幸せよ……。

いいえ、そう思っているだけなのでは？

疑念がすっと心の中に入り込んできて、レイチェルは息をのんだ。手に入れたいと夢に見ていたものはすべて手にした。好きな仕事に、愛する息子に、住み心地のいい家も。それなのに、何が足りないというの？　家に帰ってきてくれる人が欲しいわけでもないのに。わたしの帰宅を笑顔とハグで出迎えてくれる人が欲しいわけではないでしょう？

「ほら、着いたよ。一緒に中へ入って、何ごともないか確認してあげようか？」

自分の考えていることに彼の言葉が合わさって、レイチェルは突拍子もないことを口走りそうになった。ええ、そうして！　中へ入ってちょうだい。今夜はうちで語り明かしましょう。これからも泊まりに来てくれていいのよ、と。だが、寸前で思いとどまった。そちらへ足を一歩踏み出したら、どこへ行き着くか知れない。それを考えると怖かった。

「いいの、大丈夫よ」動揺が声に出ませんようにと願いながら言った。

「本当に？」マットは真っ暗な窓を見つめて顔をしかめた。「誰もいない家にきみ一人で入っていかせたくはないが」

「わたしは大丈夫」レイチェルはきっぱりと言った。彼のためにも、自分のためにも。ドアハンドルをつかみ、車を降りようとしたとき、マットが急に助手席のほうへ身を乗り出して、彼女の頬にそっとキスをしてきたので、動きを止めた。夜気に触れて冷たくなった彼の唇が肌をかすめ、レイチェルは身震いした。ちゃんと唇にキスをしてくれたらよかったのにという思いをあわてて消し去りながら。

「ゆっくり休むんだよ、レイチェル。今日は大変な一日だったからね。もし話し相手が欲しくなったら、ぼくに声をかけてくれ」

「ええ……そうね……ありがとう」

レイチェルは急いで車を降りると、小道を小走りで玄関に向かった。手がひどく震えていて、鍵を差し込むのに少し手間取った。小さな前庭に入って、ポーチの明かりをつけてから、振り向いて手を振った。マットはクラクションを軽く鳴らして走り去っていった。テールランプがたちまち闇の中へ消えていく。だがレイチェルのほうは、数分のちにようやくドアを閉め、家の中へ入った。

玄関ホールにたたずみ、気持ちを落ち着かせようと、わが家の静穏な空気をゆっくり吸い込んでみる。だが、どういうわけか今夜は、その魔法も効かない。心が静まるどころか孤独を覚え、なごむどころか空虚感に襲われてしまい、レイチェルは唇を噛んだ。

わたしは自分の生活におおいに満足していると思っていた。それが突然、そうでもないことを思い知らされた。やりがいのある仕事と、いい友人たちや愛する息子に囲まれていても、まだ満たされていない。

誰かに愛されたい、夜はその人の腕に抱かれていたいと思う。ずっと愛し続けることのできる人を見つけたい。でも、それをするにはもう遅すぎるのでは？　わたしはもう四十六歳。これ以上欲張って、高望みをするのはばかげている。こんな年になって恋をするなんて、本当にそんな危険を冒したいの？　いい出会いはないかしらと、常に気にしておくつもり？　ふさわしい男性はそうそういるわけではないのに。

ふと、まぶたの裏にマットの顔が浮かんできて、レイチェルは顔をしかめた。恋をするなら、その相手はマットのような人でなければいやだ。信頼し、尊敬することができて、なおかつ魅力的な人。だけど、どこにそんな人がいる？　マットは唯一無二の存在。特別な人だ。世界じゅうどこを探したって、彼のような人は見つからないわ。

レイチェルは小さなため息をもらしながら、居間へ行って明かりをつけ、家に光を満たした。マットと恋に落ちるなんてことは考えるのも無駄だ。彼がわたしの気持ちに応えてくれる可能性はまずないのだから。マットが愛した女性はただ一人、亡くなった奥さんだけだ。わたしなどが彼女に太刀打ちできるわけがない。

「マット、悪いけど、あなたのリストに患者を二名追加させてもらったわ。ロスのリストを少し減らしてやってほしいとレイチェルから頼まれたものだから。こうするしか調整のしようがなかったの」

「かまわないよ、キャロル。心配しなくていい。状況が落ち着くまでは、みんなで協力するしかないからね」

マットは実務マネージャーにほほえんでみせた。レイチェルの名前が出たときに、はた目にわかるような反応をしていなければいいがと思いながら。今は月曜の朝で、マットは病院に到着したところだった。本当はもっと早く着くはずだったのだが、家を出ようとしているときにたまたま救急統制室から電話が入った。その用件が片づいたころには町の中心部で渋滞が始まっていて、それを抜けるのに苦労したのだった。おかげで、最初の患者の診察時間まで五分しか残っていない。

「あら、来ていたのね、マット。何かあったの？　寝坊でもした？」

レイチェルの声が聞こえたので振り向いた。体に震えが走るのを抑えながら、背後に立っている彼女の姿を見つめる――テーラードスーツに白のブラウス、ローヒールの靴という、いつもの仕事着姿だった。今日のスーツはチェリーレッド色で、彼女の華やかな栗(くり)色の髪とは合わなさそうでいて、よく合っている。その深い色合いが、陶器のようにきめ細かな肌の色を引き立て、大きな茶色の目をいっそう濃い色に見せていた。仕上げの口紅は肌よりわずかに濃い色のものを選んでいて、それが唇のふくよかさを強調している。

その官能的な唇を見つめていると、どぎまぎしてくる。これはいったいどうしたことなのか、まだよくわからない。六年近く、レイチェルのことは同僚や友人として見てきた。なんとも気楽に過ごせた六年でもあった。それが、もはや彼女のことをそれだけの存在とは思えなくなっている。この週末は、気づけば彼女のことばかり考えてしまっていた。それも、今までは考えもしなかったようなことを。それらを思い出しただけで体がむずむずしてきて、マットは急いで返事をした。彼女とベッドをともにすることを思い描いているのがばれたら、レイチェルはさっさと逃げていくだろう！

「遅くなって、すまなかった。出がけに救急統制室から電話が入ってね」キャロルが用意してくれていたカルテの束を手にして、診察室に向かいながら肩越しに言った。このほうが、向かい合って話すよりは賢明と言えるだろう。少なくとも、あの魅惑的な唇をまた見て、あれこれ空想しなくてすむ。「それで出遅れたんだ」

「土曜の事故のことを訊(き)かれたの？」

レイチェルは遅れないように足を速めて、廊下をついてきた。百六十センチを少し超える程度の彼女は、ヒールをはいていてもマットよりずいぶん小さく見える。マットは歩くペースを落としたい思いに駆られたが、いつまでもうつつを抜かしていてはいけないという気持ちが勝った。レイチェルのことを女性と思うのはもうやめにして、彼女は同僚だと肝に銘じなくては。

「ああ。そうなんだ」診察室に着いたので足を止めた。このままずっと彼女のほうを見ないようにしているわけにはいかないと気づいて、内心うめきながら。ぼくの後頭部に向かって話し続けなければいけないのをレイチェルは変だと思うだろう。

マットは笑顔を作って振り向いた。この近さだと、彼女がつけている香水の香りがしてきて、鼻孔がくすぐられる。ジャスミンと、それよりさらにエキゾチックな何かが混じったそのかぐわしい香りを吸い込むと、血がざわついた。こんなざわつき方をしたのは久しぶりのことだ。大人になった娘を持つ父親として、女性がつける化粧品や薬の匂いには慣れているとはいえ、レイチェルが今つけている香水みたいにそそられる香りは、正直、嗅いだことがない。おかげで思考がとんでもない方向へ突っ走ろうとして、どうにも話に集中できない。

「われわれが事故現場に到着してからどんな行動を取ったか、詳しい報告書を提出してほしいと言われてね」こうすれば少しは楽になるかと思い、一歩下がって言った。たしかにそれで多少は楽になったが、まだジャスミンの香りがする。例のエキゾチックでスパイシーで、ひどくセクシーな香りも……。

「それにはみんなの協力が必要だわね」レイチェルが言った。マットは、ちりぢりになっている自分の思考をかき集めようとした。そのうちのどれか一つでもまともに機能してくれたら助かるのだが。

「そう。みんなそれぞれ違うことをしていたし、到着したのも別々だったからね。ロスとジェンマが先に着いていて、ぼくたちが着いたときにはすでに負傷者に優先順位をつけていた」

「ドクターカーが来たのはどれくらいあとだったかしら。覚えている？」

レイチェルはできごとの正確な順序を思い出そうとして、顔をしかめた。彼女の眉間にしわが寄るのを見て、マットは息を吸い込んだ。ぼくはいつから眉間のしわに魅力を感じるようになったんだ？　あきれて自問したものの、急いでそれを頭の中から消し去った。そんなことはべつにどうでもいいじゃないか。

「ぼくたちの十五分くらいあとかな。それより前に救急車が来ていたと思うが。ロスに確認してみよう。ぼくより彼のほうがよく把握しているだろう」

「大がかりな調査に発展しなければいいんだけど」レイチェルは不安そうに言った。「ちょっとした騒動になりそうだものね。ドクターカーは燃料供給の面で問題があるということで立ち往生するケースが多いから。それで、救急統制室はうちに報告を求めてきたんじゃないかしら。どういう対応をしたか、全容を把握する必要があるから。でも、事情調査をすることになって、ロスがそれに巻き込まれるのはいやだわ。あの子は今でも問題を山ほどかかえているのに」

「なぜうちの人間がそこまで巻き込まれなきゃいけないのかわからないね」レイチェルをそんなふうに不安にさせたくなくて、マットは彼女の腕をぽんとたたきながら言った。だが次の瞬間、血圧が跳ね上がるのを感じ、そんなことをしなければよかったと思った。「報告書はできるだけおおまかに書くようにしよう。今の段階では、あちらの対応について、うちの個々のスタッフが説明責任を負わなければいけない理由はないからね」

「お願いするわ。ロスに今以上のプレッシャーをかけたくないの。正直、今日は仕事に出てこなくてよかったのに。何ごともなかったみたいにふるまい続けようとするなんて狂気の沙汰よ」

「できるだけロスの負担を減らすように、みんなでがんばろう」マットは慰めるように言った。「キャロルから聞いたが、彼のリストを調整してやってほしいと、きみから頼んだそうだね。それで大丈夫だろうとは思うが、それでもやっぱり彼には無理だということになれば、早退したほうがいいな」

「あなたは迷惑ではない？」マットが首を振ると、レイチェルは安堵の笑みを浮かべた。「ありがとう、マット。お節介な母親だとロスは思っているでしょうけど、私にすれば、あの子のことが心配でたまらないのよ」

「そりゃそうだろう」そう返したものの、レイチェルのまばゆい笑顔に当てられて、くらくらしている。マットは咳払いをし、なんとか注意を会話に引き戻した。「さあ、最初の患者が来て、あたふたさせられる前に準備を整えておかないと」

「わたしも行くわ。医者がカルテを引っかきまわして捜す姿を見せられることほど、患者にとっていやなことはないものね。そんな医者はとても信頼できそうにないじゃない」

　レイチェルはそう言って笑うと、急いで立ち去った。その笑顔が、またもやマットの体内におかしな反応をもたらした。マットはやれやれと思いながら、診察室に入ってドアを閉めた。これで少しは安心できる。ぼくを悩ませているものから逃れられる。

　ため息をつきながら、デスクに着いた。それにしても、ぼくを悩ませているものとは何だ？　ヘザーが結婚式を取りやめてダルヴァーストンを出ていくことになって、ショックでしかたがないのか？　あれはまるで天国から地獄に突き落とされたような気分だった。

　クレアが脳卒中で非業の死を遂げてから、八年もの長いあいだ、ぼくは感情をほとんど持つことなく生きてきた。身も心も、ヘザーを育てることに注いできた。娘の面倒を見ることで、妻を亡くした喪失感を埋めてきた。だが、そのヘザーも、もはやぼくのことを必要としていない。ぼくの喪失感を埋めるものはもうなくなってしまった。とっくの昔になくしたと思っていた欲望や衝動が突然こんなふうにわいてくるようになったのはそのせいだと言えるのでは？

ただそれだけのことじゃないかと自分に言い聞かせようとしたが、本当はそんな単純なことではないと内心ではわかっている。ぼくは、ひびの上に紙を貼って、その場を取り繕おうとしているだけだ。その下を深く掘って、そこに何があるかを見つけるのが怖いからだ。ぼくが女性を愛したのは一度だけで、それは自分の生涯で最高にすばらしい経験だった。もう一度そんな経験をしてみようという気にはなれない。どうせ失望に終わるだけだという恐怖感があるからだ。クレアに代わる女性が見つかると思えるか？

思えない。クレアはほかの人とはまったく違う、特別な人だったからだ。しかし、だからといって、ほかにも同じように特別な人がいないとは限らない。その人なりの独特なものを持った人が。またしても思考がレイチェルに舞い戻っていき、そのとたん、マットの体に何かがぴりぴりと走った。静電気が肌の上を走っていったような感覚だった。ぼくがどんなに否定しようとも、レイチェルがぼくに影響をもたらしていることは間違いのない事実だ。

3

レイチェルは安堵(あんど)のため息をつくと、デスクに着いてコンピューターの電源を入れた。週末にああいうことがあったあとで、マットに会うのは気が引ける。気づけば、何度も同じことを繰り返し考えてしまっている自分がいた。マットが亡くなった奥さんを愛したように誰かを愛することは絶対にないだろうと。そんなことを考えて落ち込むなんて、ばかばかしいにもほどがある。彼の気持ちは前からわかっていたことで、それを今さら一大事ととらえる理由がさっぱりわからない。

わたしがダルヴァーストン総合病院で働き始めてから、マットが女性に興味を示すところを見たことは一度もない。彼がデートに出かけたことはないし、女性の気を引こうとするようなこともない。異性に興味がある気配すらないのだ。自分の仕事とヘザーの世話に全精力を注いでいて、レイチェルは彼のそんなところにも感心しているのだった。その感心が急に関心に変わったのはどういうわけかしら？　わたしが自分の情緒不安を彼に投影しているだけなのでは？

それで答えになっているかどうかはわからない。不確かなことについて考えたりするのは苦手なので、どうにも落ち着かない。だから、最初の患者が来たときにはほっとした。これでマットの代わりに意識を集中させる相手ができた。ベッシー・パリッシュは八十歳で未婚の女性で、生まれてからずっとダルヴァーストンに住んでいる。いつもはロスの患者なのだが、今日はレイチェルが代診することを受け入れてくれたのだった。レイチェルは彼女を着席させて、どんな具合か尋ねた。

「このごろ体調がすぐれないのよ、ドクター・マッケンジー」ミス・パリッシュは単刀直入に言った。「二週間ほど前にひどい風邪を引いて、いまだに喉がぜいぜいいって息苦しいの」

「なるほど。咳も出ますか？」レイチェルは聴診器を手に取りながら尋ねた。

「ええ。痰も出ているわ」

ミス・パリッシュは不快そうに口をすぼめてみせた。レイチェルは気の毒そうにうなずいた。

「気持ちが悪いでしょうね。では、胸の音を聴かせてもらっていいかしら」患者が上衣のボタンをはずすのを待って、胸の音を聴いた。それが終わると、「体温も測りますね」と言った。

レイチェルが体温を測っているあいだ、ミス・パリッシュは身じろぎもせずに座っていた。体温は平熱より高く、自分の見立てがこれで裏づけられたので、レイチェルはうなずいた。デスクに戻り、老婦人にほほえみかけた。

「気管支炎のようですね、ミス・パリッシュ。あなたが説明してくれた症状――喉がぜいぜいいう、息が苦しい、咳が長引いて痰がたくさん出る、というのは、間違いなく気管支炎を示すものです。体温が平熱より高いのも、気管支炎の徴候の一つで」

「気管支炎ですって？　そんなものになったことはないのに！」ミス・パリッシュはショックを受けている様子だ。

「急性の気管支炎なので、治療は簡単で、抗生物質をのんでいただくだけです」レイチェルはなだめるように言うと、処方箋を書いて渡すあいだに、老婦人の気を少しでも楽にさせるために詳しい指示を出した。

ミス・パリッシュはレイチェルの言葉に注意深く耳を傾け、そしてうなずいた。「あなたのアドバイスに従うわ、ドクター・マッケンジー。どうもありがとう。息子さんのことを聞いたわ。お気の毒だったわね。結婚式がそんなふうに取りやめになるなんて、さぞつらいでしょうね」

「ロスは必ず乗り越えてくれるわ」レイチェルは善意の言葉をこれ以上かけられまいとして、淡々と答えた。

「そうね、彼ならきっと。ショックから立ち直ったら、気づくはずよ。これがもっとあとでなくて今でよかったって」ミス・パリッシュは立ち上がった。「離婚に終わる若いカップルが近ごろは増えているから。それはそれでまたつらいはずだもの」

老婦人が挨拶をして帰っていくと、レイチェルは眉根を寄せた。もし、あのまま先へ進んでいたら、あの子たちの結婚は離婚に終わっていたかしら？ 二日前のわたしなら、そんな考えを鼻で笑っていただろうが、今はもうそんな自信はない。ヘザーがこの結婚に対して不安を持っていたのは間違いない。だから取りやめたのだ。

レイチェルはため息をついた。男女の関係というのはいかに難しいものか、これでよくわかった。うまくいくことが保証されているように見えるものでも、失敗に終わる場合がある。長続きする関係を築くには、愛と多大な献身の両方が必要だ。もちろん、マットが言っていたような、きらきらしたときめきも。それも絶対に欠くことはできない。マットのことを考えたとたん、週末のあいだずっと彼のことで頭を悩ませていたのを思い出して、レイチェルはうめいた。もう一度あれと同じ道をたどりたくはないわ！

レイチェルは次の患者を呼び入れた。今度は若い女性で、ひどい中耳炎で泣き叫ぶ幼児を連れていた。そのかわいそうな子供のけたたましい泣き声のせいで、母親の言うことはよく聞き取れなかったものの、おかげでよけいな考えが全部吹き飛ばされて、レイチェルはほっとした。マットと奥さんはよほど特別な関係だったに違いないと、いつまでもぐずぐず考えていたくない。考えてもせつないだけだ。わたしには仕事があるのだし、ここに座って彼のことをぼんやり考えているわけにはいかない。平常心を取り戻すには、こんなことをしているのは得策ではない。早くどうにかしなければ。

昼休みになると、レイチェルはロスの様子を見るために、急いで彼の診察室へ向かった。ロスはちょうど部屋を出ていこうとしていたところで、そのやつれた顔を見ると、母親として心配で胸が痛んだ。いくらロスが平気を装っていようと、結婚式が土壇場で取りやめになるというのは耐えがたい経験だったに違いない。今日は仕事に出てくるのはどうかと思ったのだが、休むように勧めても、ロスは出勤すると言って聞かなかったのだった。

たわいない会話を少しだけ交わして、ロスは去っていったが、その姿を見送っていると気持ちが沈んだ。ロスが口でどう言おうと、あのできごとで打ちのめされているのは間違いない。レイチェルの頬に涙がこぼれ落ち、それをぬぐう間もなく、マットがそこに現れた。彼はレイチェルを一目見ると、彼女を廊下の向こうへそっと促し、自分の診察室に連れていった。

「ロスのことかい？」マットはレイチェルを椅子に座らせると、そう尋ねて、デスクの上にあるティッシュペーパーの箱を差し出した。

「どうしてわかったの？」レイチェルは鼻をかみ、なんとか気持ちを落ち着かせようとした。つらい状況であることはマットも同じなのだ。一緒に暗い気持ちにさせたくない。

「簡単な引き算だよ、ワトソンくん。いらない要素を全部取り除いていけば、おのずと答えが出るというものさ。引いて残ったのが、どんなにありそうもないことがらでもね」

レイチェルはつい笑ってしまった。「それは本当なの、シャーロック？」

「もちろんさ、ドクター」マットから笑みが返ってきて、たちまちレイチェルは気が晴れた。彼の気遣いに心を打たれたことは否定できない。マット自身もひどく落ち込んでいるはずなのだから、わたしもがんばって元気を出さなくては。

「それで、ロスはどうだい？」マットはティッシュペーパーをデスクに戻して尋ねた。

「元気よ、本人によれば」マットがいぶかしげにこちらを見たので、レイチェルは肩をすくめた。「あなたも知っているでしょう。ロスは感情をあまり表に出さない子だから。小さいときからそうなのよ。内にこもるタイプで、まじめで……むしろ、少しまじめすぎるところがあって」

「子供のころに父親と接する機会はたくさんあったのかい？」マットが静かに尋ねた。レイチェルは驚きを隠そうとした。彼がこのように個人的な質問をしてきたのは、一緒に働くようになって初めてのことなので、今日はどういう風の吹きまわしかと思わずにいられなかった。

「接触は一度もないの」マットがにわかに関心を示したことを大げさに考えるのはやめておこうと思いながら答えた。彼が過去についてもっとよく知ろうとしているのは、ロスとヘザーによりを戻させるための手がかりが得られるかもしれないと期待してのことでは？　だとしたら、わたしもそれには大賛成よ。ロスの幸せそうな姿をまた目にするためなら、どんなことだってするわ。

「父親は、あの子に興味はないと最初から明言していたの」レイチェルはありのままを説明した。「でも、それについて彼を責めるつもりはないわ。ロスが生まれたとき、彼はまだ十八歳だったから。その年齢で父親になる覚悟ができている若者はそうそういないでしょう」

「きみも母親になるにはまだ若かったのに、ちゃんと対処したじゃないか」マットに指摘されて、レイチェルはため息をついた。

「それはそうよ。でも、両親の助けがなかったら、そんなにうまくはやれなかったわ。両親がすばらしかったの」

「それにしても、いくらご両親の助けがあっても大変だったはずだ」

「楽ではなかったわね。勉強する時間を見つけながらロスの世話をするのは、まさに曲芸だったわ。思い返してみても、いったいどうやってやりくりしていたのかわからないほどよ」重苦しい空気を軽くしようと、レイチェルは小さく笑った。「もし、今あれをやるとしたら、一日をもう何時間か長くしてもらわないと無理だわ！」

「きみがひたすら一生懸命にやったおかげで、やりくりできたんだと思うよ。きみは自分が成し遂げたことに対して誇りを持つべきだ、レイチェル」

「わたしはロスをとても誇りに思っているわ。だけど、ロスがあんないい子になったのはわたしのおかげじゃない」レイチェルはきっぱり言った。「あの子が自分で努力したからよ」

「ぼくが言っているのはロスを育てたことだけじゃないよ。きみが成し遂げたこと全部を言っているんだ」マットが身を乗り出したので、彼の目の中にある光が見えた。レイチェルが今まで気づいたことのない、そしてもちろん期待もしていなかった、炎らしきものが。レイチェルの胸ははずみ、マットが言葉を続けると、どきどきし始めた。

「医学部に合格するには猛勉強したはずだ。ぼくなんて遅れないようについていくだけで必死だったのに、きみの場合は子供をかかえてだから……」マットは肩をすくめた。「きみがやり通したようなことをやれる人はなかなかいないよ、レイチェル」

「医者になるのがわたしの夢だったから」彼の賛辞に深く感動して、レイチェルは静かに言った。ロスがわたしを称賛してくれていると思うと、あの猛勉強と奮闘の日々が、いっそう価値あるものに見えてくる。

「そして、きみはその夢をかなえた。きみは実に優秀な医者だ。きみのことはいくら褒めても褒めきれないと患者たちも言うほどの」

「ありがとう。そんなふうに言ってもらえて、本当にうれしいわ」感極まりそうになりながら、つぶやいた。

「事実を言っただけだよ。きみは自分を誇りに思うべきだ。自分がこうと目指したことはすべて成し遂げているんだから」

本当にそうかしら？　夢は一つ残らずかなったと言える？　ほんの数日前のわたしなら、マットの言うとおりだと思ったかもしれない。でも今はもう、そうだと言い切る自信がない。かつてはわたしにも、将来に向けていろいろな夢があった。それらの夢は今までずっと、できるだけ深いところに埋めてあった。夢のことなど気に留めている時間がなかったからだ。それでも、それらはまだそこに残っている。かつてのようにきらきら輝いてはいないとしても、まだそこにくすぶっているのだ。

マットを見ていると胸がときめいて、自分も一時は希望を胸に抱いていたのを思い出す。両親のように幸せな結婚がしたいと思っていた。ずっと長く心の支えになってくれるような、愛情のある関係が欲しかった。その夢を捨てたのは、また誰かを好きになったりしたら、どんなことになるかわからないという不安があったからだ。わたしは前に一度、失敗している。ロスの父親と恋に落ちて……悲惨なことになったじゃない？

そこで思考がはたと止まった。ロスという子供ができたことは悲惨でもなんでもない。むしろ、その逆だ。わたしにはあれがターニングポイントになった。養わなければいけない子供がいるということがいい刺激になり、息子といい暮らしができるようにがんばろうという気になれたのだ。ロスがいなかったら、あんなに勉強することもなく、ほかの誰かとまた恋に落ちて、その相手から突き放されるという失敗を繰り返していたかもしれない。

レイチェルは深呼吸して、その事実と正面から向き合った。もし息子がいなかったら、わたしの人生はまったく違ったものになっていたかもしれない。たとえば、マットと出会うこともなかったのではないだろうか。

午後の診察が終わったあと、マットは居残ることにした。救急統制室から依頼された報告書を、まだ記憶が新しいうちに作成してしまいたかったからだ。どうせ、急いで帰宅したところで何があるわけでもないだろう？

空っぽの家に帰ることを思うと、気持ちが沈んだ。もちろん、それに慣れないといけないのはわかっている。ヘザーがいなくなり、一人の時間が大幅に増えることになるのだから。マットが事故当日のタイムテーブルをざっと書き終えたところへ、診察室のドアをノックする音がして、レイチェルが中に入ってきた。

「前を通りかかったら、まだ明かりがついているのが見えたものだから」レイチェルはそう言ってデスクのそばへ来ると、マットが作ったタイムテーブルを見て眉根を寄せた。「それはあの事故の？」

「そう。早く例の報告書の作成にかかったほうがいいと思ってね」

マットは自分が書いたものに目を落として、レイチェルも独身だということを考えまいとした。同じ独身でも、お互いの状況に何か関連性があるわけではない。しかも彼女の場合は、自ら好んで独身を貫いているように見える。どんなに想像をたくましくしても、彼女の独身生活にピリオドを打たせようとする男は多くなかったとは思えない。

「手伝いましょうか？」

その言葉はほとんど耳に入っていなかった。一緒に働くようになってから何度となく、なぜレイチェルは独身なのだろうと考えたことがあるが、今またその疑問が頭をもたげてきた。彼女ほど美人で聡明（そうめい）な女性なら、一緒になりたいという男性は大勢いただろうに、どうしてそれを断ったのだろうか。人生をともにしたいと思えるほどの相手に出会わなかったということか？

さまざまな考えが頭の中を飛び交った。レイチェルが彼の返事を待っていることに気づいて、ようやく冷静さを取り戻した。「ありがとう。でも、きみにまで残業をさせたくないから」

「たいしたことじゃないわ、マット」レイチェルは肩を小さくすくめた。「ほかにこれといってすることもなさそうだし。むしろ、喜んでお手伝いしたいというのが本音よ。何か頭を使うことをしていれば、ロスのことを気にするのをやめられるもの」

「それなら、手伝ってもらえるとありがたいな」

マットは彼女に笑みを向けた。レイチェルが笑みを返してくると、自分の体内に温かいものがじわじわ広がっていくのを覚えた。レイチェルは椅子を引いて隣に座り、彼の書いたものが読めるように身を乗り出した。彼女の香水の香りを吸い込むと、マットは全身が緊張してくるのがわかったが、この香りがどんな影響を及ぼすかは今朝経験して知っているので、すぐに自制することができた。作業に集中していれば、なんともないはずだ。

レイチェルが手伝ってくれたおかげで、できごと、それが起こった時間を手早くリストにまとめることができた。あいまいなことがら――自分たちが到着するまでのあいだ、ロスと准看護師のジェンマは何をしていたか、といったことについては、あとでチェックできるようにアスタリスクをつけておいた。八時には報告書の骨子ができあがり、マットはこの大きな成果を喜んだ。

「すばらしい！」椅子の背にもたれて、首の凝りをほぐしながら言った。「もっと時間がかかるものと思っていたよ」

「二つの頭脳は一つに勝るって言うじゃない」レイチェルがにっこり笑って言い、マットを笑わせた。

「まさにそうだな。しかも、その二つの頭脳の波長が合っているとなればね」マットも笑みを返した。

ここ数日ないほど気持ちがリラックスしている。ヘザーがダルヴァーストンを出ていくと聞かされて以来、神経がまるで拷問にかけられたみたいにぴりぴりしていた。それが、レイチェルと一時間一緒に仕事をしただけで、ずっと気分がよくなった。ここで今夜を終わりにしたくないと思うほど、いい気分だ。

「食事でもどうだい？」衝動的に言っていた。「きみはどうか知らないが、ぼくはこの余分な作業のせいで、おなかがぺこぺこだ。馬でも食べられる！」

「ダルヴァーストンで馬をメニューに載せているお店があるかしら」レイチェルは軽く受け流したが、頬が少し赤らむのが見て取れた。

食事に誘うなんて厚かましいと思われたのだろうか？　そう思ったが、すぐにその考えを打ち消した。レイチェルがそんなことを思うはずがない。ぼくたちは同僚なのだから、一緒に食事へ行くくらいは、べつにどうということもないだろう。

「ふむ、いい指摘だね。代わりにステーキで我慢するしかないかな」強引に連れ出そうとしているように受け取られたくないと思いながら、マットは椅子から立ち上がった。これは彼女が決めることで、どんな決定が出されても、それに従うつもりだが、イエスと言ってほしくてたまらなかった。

レイチェルにどうしても同意してほしいと思っている自分に気づいたとたんに落ち着かなくなって、マットは急いで言い足した。「付け合わせがいろいろ添えてあれば、なおうれしいけどね」

「白状すると、わたしもおなかがぺこぺこなの」レイチェルも立ち上がって言った。「まともな食事を最後にとったのはいつのことだったか思い出せないわ。先週だったかしら。ともかく週末はまったく料理をしなかったことは確かだから」

「ぼくもだよ」マットは相槌を打ち、作成した報告書をフォルダーに入れた。「この二日ほどで作ったのは、せいぜい紅茶とトーストくらいだ。ぼくのかわいそうな胃は、喉を切られたかと思っているだろうな」

レイチェルは笑って、ドア口に向かった。「どうやら二人ともちゃんとした食べ物を欲しているみたいね。バイパスのところに新しくできたお店はどうかしら？　あそこのステーキはおいしいと思うわ」

「いいね」

マットはうれしさを隠しながら、部屋の明かりを消し、レイチェルに続いて廊下に出た。同僚と食事に行くだけじゃないかと自分に言い聞かせつつも、これまでに参加してきた、スタッフとのよくあるような食事会とはわけが違うと感じていることは確かだった。まずもって、今夜はレイチェルと二人きりだ。こんなことは、普通はない。結婚式の打ち合わせで会ったときも、二人きりのことはなかった。常にヘザーとロスが一緒だった。だから、今夜のことは二人にとってまったく新しい経験になる。

だからといって、調子に乗らないようにしなければ。マットは息を吸い込んで気持ちを落ち着かせながら、受付カウンターの横で立ち止まった。「ぼくは警報装置をセットしてから出るよ。よければ、ぼくの車で行こう。そうすれば、きみは帰りの運転のことを気にすることなく、食事と一緒にワインを楽しめる」

「ありがとう。でも、二台で行ったほうが楽だと思うわ。明日の朝、出勤するときに面倒がなくて」

ぼくが送っていくよという言葉が口から出かかったが、それは度を越している気がした。「了解。では現地で会おう」

レイチェルが出ていくのを待ってから、マットは電話をオンコール・サービスに切り替え、警報装置をセットした。外に出ると、駐車場に残っているのは自分の車だけだったので、丘から吹きつけてくる冷たい風に身を震わせながら車へと急いだ。週末に気温がぐっと下がって、まさに寒波到来というところだ。でも、まもなくレストランに着けば暖まるのだからと自分を慰めた。

車のエンジンをかけながら、そこでレイチェルに会うことを思うと笑みがこぼれた。同僚との食事にすぎなくとも、今夜は一人で過ごさなくてもすむと思うと、うれしかった。だが、一番の目当てはそれなのか？　ふと、そう思った。彼女とどうしても一緒にいたいのは、一人が寂しいからか？

その仮説を展開してみて、それで正しいと思えた。だが心の奥では、それだけではないとわかっている。彼女に対するこのところの自分の反応を見れば、孤独だからというだけでは説明がつかない。

4

レイチェルは、胸がどきどきするのを覚えながらレストランに入っていった。月曜の夜ということで、店内はさほど混んでおらず、席は難なく確保できた。あとで一人来るからとウェイターに告げて席に着き、異様にどきどきする胸をなんとかしなければと思いながらマットを待った。彼とは一緒に食事をするだけよ。それ以上でも、それ以下でもない。興奮することなんて何もないじゃないの。

数分後にマットが到着した。立ち止まってウェイターと話している彼は、大きくて堂々として見える。女性客数人が彼のほうを見ていることにレイチェルは気づいた。彼がこちらへ向かって歩き出すと、女性たちはまたその姿を目で追った。無理もないわね。コートを脱いで椅子の背にかけるマットを見て、レイチェルはそう思った。こんなにハンサムなのだから、彼を魅力的だと思う女性がいるのは当然のことよ。

「いい感じだ」マットはいかにも楽しそうに店内を見渡した。「すっきりしていてモダンで、かといって殺風景でもなく。古風と思われるかもしれないが、ぼくは少し雑然としているほうが好きだけどね」

「わたしもよ。散らかっているほうがいいくらい」レイチェルは悲しげに言った。

「じゃあ、ロスお気に入りのミニマリストスタイルは好きではないんだね？」マットはネクタイをゆるめながら尋ねた。シャツのいちばん上のボタンもはずしたので、レイチェルはあの厄介な胸のどきどきがますます激しくなり、あわてて彼から目をそらした。長いあいだ一緒に仕事をしてきて、いろいろな服装の彼を目にしているはずなのに。スタッフとの食事会のときのジーンズ姿とか、仕事着にしているスーツ姿とか。それなのに、彼の日焼けした肌がちらりと見えただけで、こんな反応をしてしまうのはどうして？

「ええ、あれはまったくわたしの好みではないわ。ロスがああいうスタイルを好むのは、たぶん、育った環境と正反対だからだと思うわ」

レイチェルは急いで頭の中の疑問を追い払った。ここには食事をしに来ているのであって、マットのことを自分はどう思っているのか分析している場合ではない。彼は同僚で友人、それだけわかっていればいいのよ。

「そうなのかい？」マットはもっと話を聞きたそうに椅子の背にもたれた。こういう安全な話題についてしゃべっているほうが楽だと思い、レイチェルは話を続けた。

「わたしたちはわたしの両親と長いあいだ一緒に暮らしていたから、ロスは祖父母の好みに副って飾られた家で育ったの。母は花模様とフリルに傾倒していたものだから、ロスはその反動で、自分の家を購入したときにはまったく違うものを選んだのだと思うわ」

「ご両親がそばにいてくれたのは助けになっただろうね」マットが静かに言ったので、レイチェルはうなずいた。

「ええ、本当に。母はわたしが勉強に励んでいるあいだだけでなく、ローテーション研修中もロスの面倒を見てくれたの。母の助けがなければ、どうなっていたかわからないわ。医師免許を取りたての医者の勤務時間は恐ろしく長いから」

「ぼくもそういう長いシフトで働かされて、へとへとだったのを覚えているよ。最初に就いたポストはロンドンにある病院の救急科の初期研修医だったけど、ある時期なんか、三日間まるまる寝ていなかったと思う。当直だったから」

「若い医者にそんな無茶苦茶な働き方をさせるのはやめることになって、本当によかったわよね。とはいえ、今でもけっして楽とは言えないけど。疲れ果てている人間が正常に機能するなんて期待するほうがおかしいわ」

「たしかに。ぼくの場合は、仕事をしながらヘザーの面倒を見るのは絶対に無理だっただろうな。ありがたいことに、ぼくにはその必要がなかった。クレアが全部やってくれたから。彼女はヘザーが生まれたときに仕事をやめて、専業主婦になってくれたんだ」マットはため息をついた。「きみは楽をする時間がなかっただろう、レイチェル？　きみにはその選択肢がなかった」

「でも、そう悪くはなかったわ」彼の声にこめられた気遣いに心を打たれながら言った。「前に言ったように両親がすばらしかったし、総合診療医の研修を終えたあとは生活がかなり楽になったから。もちろん、まだまだハードワークではあったけど、少なくとも、そんなにへとへとになるほど長時間は働かなくてよくなって」

「実家を出たのはいつなんだい？」マットは興味深そうに尋ねた。

「ロスが十二歳のころよ。そのころにはわたしもまずまずのお給料をもらえるようになっていたから、住宅ローンを組めるようになって。助けが必要なときはまだ母の手を借りていたけど、それでもようやく自立できてうれしかったわ」

「じゃあ、きみは自立することに価値を見出(みいだ)しているんだね」マットが静かに言った。その口調に名状しがたい何かが含まれているのを感じて、レイチェルは眉をひそめた。

「ええ、そうだと思うわ。独り立ちできるようになるまでに長い時間がかかったし、自分は誰の世話にもなっていないと思えることが、わたしにとっては大切だから」

「それで誰とも結婚しないのかい？」レイチェルが驚いた顔で彼を見たので、マットは肩をすくめた。「きみがいまだに独身でいることを不思議に思っているだけさ。声をかけてくる男がいなかったわけではないだろうし」

　レイチェルは頬が赤くなるのを覚え、テーブルに目を落とした。今の彼の声に官能的な響きがあったように思ったのは、わたしの勝手な想像かしら？　わたしに性的魅力を感じてくれているように聞こえたのも、ただの思い過ごし？　きっとそうだったのだ。その証拠に、レイチェルが目を上げてみると、彼の顔にその気配を伝えるものは何も浮かんでいなかった。

「生涯をともにしたいと思える人と出会わなかったからだと思うわ」レイチェルは軽く受け流した。半分は本当のことだ。

　ちょうどそのとき、ウェイターがオーダーを取りに来た。何を頼むか決めているうちに、さっきのことはうやむやになった。だが、食事中に何度もこう思っている自分がいた。マットに対してもっと正直になって、また判断を誤るのが怖いから恋をすることに尻込みしていると説明したらどうかと。なぜそう思うのか、理由はうまく説明できないが、マットには真実を知ってもらうのが大事だという気がする。なんとも不思議なことだけれど。

　二人は十時過ぎにレストランを出た。マットとしてはもう少しそこにいたかったのだが、店員は早く店を閉めたがっている様子だった。それはともかく、気温がさらに下がっていて、レイチェルは体を震わせながら車に向かっている。

「うう、寒い」レイチェルはコートの襟の中で首をすくめて言った。「今夜は雪が降るかしら?」

「降りそうだな。それにしても、これはちょっと寒すぎる」マットは自分の車を通り過ぎると、それを見て驚いているレイチェルに目を向けた。「きみをちゃんとお見送りしようと思ってね」そう言って彼女を笑わせた。

「この凍てつく寒さの中でも紳士でいようというわけね!」レイチェルはすばやくロックを解除すると、彼に向かって言った。「今夜は楽しかったわ、マット。どうもありがとう。次回はわたしにごちそうさせてね」

「約束は守ってもらうよ」軽く聞こえるように言って、それがうまくいったことを祈った。また夜を一緒に過ごすのは実に魅力的だと思うと、にやけてしまいそうになったが、なんとか自制した。そんな変人と食事をしたのかと彼女を怖がらせては、なんにもならない!

「守るわ」

マットがそれ以上何か言う前に、レイチェルは爪先立ちになって、彼の頬にキスをした。風で冷たくなった唇が肌に触れたとき、マットは息を吸い込んだ。これはみんながよくやっているようなキスの一つにすぎない。そう自分にしっかり言い聞かせようとした。ただの社交辞令で、興奮するようなものではないと。だが、納得できなかった。どんなキスかはどうでもいい、ともかくキスはキスだ。いくら脳が理性的になれと言ったとしても、体はこの事実を喜んでいる。

欲望が体に広がってきて、容易に予測できる反応をもたらしつつある。いや、数年前なら予測できたであろう反応と言うべきか。最後にこういうふうになったのはいつのことか思い出せないくらい久しぶりなので、心臓が止まりそうになる。

レイチェルは軽くほほえむと、後ろに下がった。

「それじゃあ、また明日。気をつけて帰ってね。道が凍っているかもしれないから」

「うん、ああ……きみもね」ぼんやりしながら言うと、レイチェルは車に乗り込んでドアを閉めた。車がバックして駐車場を出るまでマットは待ち、去っていく彼女に手まで振ってみせたが、一つ一つの動きをするのが大変だった。彼の体は何かを激しく求めていたからだ。こんなことはクレアが亡くなってから経験したことがない。

マットは車に戻って乗り込むと、そこに座って感情があふれるままにした。これは、週末に感じたものをはるかに超えている。あの最初に感じた欲望のめざめらしきものを。今感じているものはもっと原始的で、強力で、切迫感に満ちている。レイチェルを抱きたい。あの魅力的な体を隅々まで味わいたい。そして彼女にもぼくを味わってもらいたい。年月が経過したせいで思い出せないのかもしれないが、こんなに激しい欲求を感じたことは今までになかった。クレアに対しても。

そう思い至って、心底驚いた。クレアに対する愛は、ぼくの人生の根幹を成すものだった。その点について疑いを持ったことはなかった。まさか、今は疑っているなんてことはないだろう？　ほかの女性を抱きたいと思ったくらいで。

自分はいったいどうしてしまったのか、それを突き止める必要がある。だが、ここでは場所が悪い。家に帰って考えよう。落ち着いて、理性的に。マットは家に向かって車を走らせた。制限速度よりかなり速度を落として。自分の反射神経が普段より鈍っている自覚があるからだ。家に着くとすぐに、コーヒーをいれて居間へ行った。この部屋でクレアとぼくは、幾夜も楽しい時を過ごした。彼女との暮らしを思い返してみた。よかったこと、楽しかったこと、笑ったこと、二人ではぐくんだ愛。

目に涙があふれてきたが、それがこぼれ落ちるに任せた。ぼくは今まで娘のために強い男であり続けてきたが、ここで感情を吐き出してしまうのもいいだろう。クレアのことをとても愛していた。永遠に愛せたはずなのに、彼女は死んでしまった。ぼく一人を残して。ぼくには亡き彼女を思って泣くことが必要だ。自分のために泣くことも。

レイチェルは自分の言いつけを守って、家までの道を注意深く運転した。大通りには凍結防止の砂がまかれていたが、自分のコテージに続く細道に入ると、アスファルトの上に霜がちらちら光っているのが見えた。細心の注意を払ってカーブをうまく切り抜け、家の前に車を止めると、安堵(あんど)のため息をついた。無事に着いてよかった。

車を降りて小道を急ぐうちに、不意に足を滑らせて、あっと叫び声をあげた。どさりと大きな音をたてて地面に転び、その拍子に右膝をひどく打ちつけて、レイチェルは顔をゆがめた。まるで膝に火がついたようで、立ち上がるのもやっとだったが、なんとか家に入らなくては。こんな寒空のなか、外で夜を明かすわけにはいかない。

足を引きずって小道を進んでいき、家の中に入った。キッチンまでの道のりが恐ろしく長く感じられたが、膝が腫れるのを防ぐために冷却と圧迫をしたほうがいい。壁に寄りかかって、ぴょんぴょん飛んで進み、やっとのことでキッチンに着くと、冷凍庫から冷凍えんどう豆のパックを取り出し、ティータオルでくるんで膝に当てた。すでに大きなあざができつつあり、明日の朝には膝全体が青黒くなっていると思われた。

レイチェルは間に合わせの道具を腫れた関節に押し当てながら、ため息をついた。せっかくのすてきだった夜が、こんなみじめな終わり方を迎えるなんて。さっきのキスの罰が当たったのかも？　あんなことをするつもりはなかった――本当に衝動的にしてしまったのだ。それに、普通ならあの程度のキスのことをあとでいちいち考え直したりもしないはずだ。ところが、唇がマットの頬に触れた瞬間、自分は間違いを犯したと悟った。挨拶のキスをするのはけっこうだけれど、する相手がマットでは話が違うだろう。

唇に触れた彼の温かな肌を思い出して、レイチェルは息をのんだ。唇に指を当ててみると、あのぬくもりの余韻がまだそこに残っているのが感じられて、レイチェルは身震いした。かすかに触れただけなのに、いつまでもこんな痕跡が残るなんて信じがたい。あのキスはマットの頬にもこれと同じ痕跡を残しているのかしら？

その質問に対する答えはきっぱりノーだと良識が言っているが、レイチェルには受け入れがたかった。このところ、マットが関心を持った目でわたしを見ていることが何度となくあった。彼がそんな目をするのを今まで見たことがない。今夜だって、わたしが独身でいることを選んだ理由を尋ねたときに興味を示していた。これは彼の新たな一面で、この変化はどうしたことかと思わずにいられない。マットはもうわたしをただの同僚とは見ていないとか？　そんなことがありえるかしら？

そう考えただけで胸がどきどきしてくる。そのとおりだという確証は何もないのに。レイチェルはため息をつくと、もはやふにゃりとしてしまったえんどう豆を冷凍庫に戻し、芽キャベツのパックを取り出した。一つ確かなのは、マットに対する自分の気持ちが近ごろは変わったということだ。それも劇的に。彼といるときにはよく気をつけて、自分がどんなにか混乱していることを悟られないようにしないと。それはつまり、どんな理由があろうと、もう彼にキスをしてはいけないということよ！

次の朝、マットがシャワーを浴びていると、電話が鳴った。ラックのタオルを引っつかみ、急いで寝室へ行って、受話器を取った。意外にも昨夜は、あれだけ感情が混乱したあとなのに、ぐっすり眠れた。肩の重荷が取れたような気がしているということは、長いあいだ押し込めてきた感情を吐き出したのがよかったのだろう。

「マシュー・トンプソンです」

「マット、わたしよ、レイチェル。こんな早くに電話して、ごめんなさい。お願いがあるの」

体がかっと熱くなるのを覚えて、マットはベッドに座り込んだ。レイチェルの声を聞いて、昨夜見た夢が鮮明に思い出された。あまりに生々しい夢だったので、思い出したとたんに体が高ぶってくる。全細胞がにわかに色めき立っている中で、落ち着いて受け答えするのは一苦労だった。

「かまわないよ。どんなお願いなのかな、レイチェル？」

「出勤のとき、わたしも一緒に乗せていってもらえるかしら？　ゆうべ車を降りてから、凍った道の上でばかみたいに滑って転んで、膝を怪我してしまったの。たいしたことはないんだけどね」彼女は急いで言い足した。「今日は自分でちゃんと運転できそうにないから」

「今すぐ病院へ連れていこうか？　それでレントゲンを撮ってもらったら？」マットは心配になって、そう提案した。

「ありがとう。でも、その必要はなさそう。深刻なダメージはないから。ひどく腫れているだけで。何日かすればおさまると思うわ」

「本当に出勤する気なのかい？」マットは反対した。

「患部を休めておくのが一番だし、患者を診察するには立ったり座ったりしないといけないから仕事にならないだろう？」

「大丈夫よ」レイチェルは請け合った。「冷凍えんどう豆のパックを夜通しくくりつけておいたから。おかげで少しましになっているわ」

マットはくすりと笑った。「医者も患者と同じように素人療法をやるんだってことがわかってよかったよ。だけど、まさか冷凍えんどう豆とは！」

レイチェルも笑った。「えんどう豆か芽キャベツね。ただ、芽キャベツは今一つだってわかった。ごろごろ転がるのよ！」

電話の向こうからレイチェルの笑い声が伝わってくると、マットはまたしても頭がくらくらするのを覚えた。彼女の笑い声がすばらしくセクシーだというこ とに、どうして今まで気づかなかったのだろうか。おかげで、話の続きに気持ちを集中させるのが大変だった。

「時間はあなたに合わせるわ。どれくらいで来られそう？」

マットはベッド脇の時計に目をやった。「三十分後はどうかな？」

「いいわ。それならあなたが来るまでになんとか朝食を作れると思うわ。足を怪我していると、何をするにも時間が普通の二倍かかりそうだけど」

電話が切れると、マットはバスルームに戻った。だが、レイチェルが自分で食事を作ろうと格闘する姿を思い浮かべるのは、あまり気持ちのいいものではなかった。彼女を一人でがんばらせるのは、ぼくの良心が許せそうにない。

マットはわずか十分で身支度をすませると、近くにあるレイチェルの家まで車を飛ばした。そして玄関のベルを鳴らす代わりに、そのまま家の裏手へまわった。裏口を使ったほうが、レイチェルが苦労して玄関まで出てこなくてすむと考えたからだった。

裏口のドアをたたき、彼女がドアを開けたときには胸がどきりとした。実物のレイチェルは、マットの夢に出てきた彼女と寸分違わず、美しくてセクシーだった。

「早かったわね！」レイチェルは叫んだ。

「少しでもきみの助けになれたらと思ってね」こんなふうに思考が勝手な方向へと飛躍するのをなんとかしなければと思いながら、笑顔を作って言った。「ぼくは怪我人のために紅茶とトーストを用意する名人なんだ」

「まあ、そうなのね、マット。それは親切にありがとう」レイチェルは足を引きずって椅子のところまで行くと、やれやれというように座り込んだ。「何かにつかまらないとまっすぐ立っていられない状態だと、ケトルに水を入れるという、ごく簡単な作業でさえ、なかなかできないのね。こんなだとは思わなかったわ」

「でも、もうぼくが来たから。きみはそこにじっと座って、脚を休めておくといい」マットは、あざができた彼女の膝に目をやって顔をしかめた。「実にみごとだね。腫れを引かせるためには脚を上げておかないと。ほら、この椅子を使って」

マットは椅子を引き寄せると、レイチェルの脚をそっと動かして、楽な姿勢になるように座面におろした。レイチェルがうめき声をもらし、それとともに、その美しい顔からこわばりが引いていった。

「うんと楽になったわ」

「よかった」

一日じゅう、こうしていてもかまわない。ここに立って、ただただ彼女を眺めていたい。そう思ったが、代わりに身を翻し、料理に取りかかった。スクランブルエッグとトーストを数枚作り、紅茶も用意した。マットがそれらをテーブルに並べて座ると、レイチェルは満足そうにうなずいた。

「おいしそうだわ。スクランブルエッグはわたしの大好物なの」

「喜んでもらえて何よりだよ」マットはトーストを取って食べながら、レイチェルと一緒の朝食をおおいに楽しんだ。毎朝こうやって彼女と向かい合って朝食をとるのもいいかもしれないな。いや、本当にそうしたいところだ。でも、分別を持とうとしているときに、そんな不埒なことを考えてはいけない。そう思い直して、すぐにその考えを頭から追い払い、食事に専念した。

レイチェルは最後の一口のスクランブルエッグを皿からすくい取って、満足そうにため息をついた。

「ごちそうさま。見た目どおりにおいしかったわ」

「そう言ってもらえてよかった」マットはレイチェルを見てほほえんだ。うれしいときには目をきらきら輝かせる彼女が愛らしい。これもまた、今まで気づかなかったことの一つだ。どんどん増えていくリストに、これも加えておかなくては。「ただし、ぼくのレパートリーはそんなに広くないからね。ローストチキンとグリルチョップとスクランブルエッグは作れるけど、それで全部だから」

「それだけできれば、男性の中ではいいほうだと思うわ」レイチェルは楽しそうに言うと、立ち上がろうとした。

「おっと！」マットは片手で制し、彼女を椅子に戻らせた。「どこへ行くつもりだい？」

「お皿を食器洗い機に入れに行こうとしただけよ」

「ぼくがやるよ」マットは皿を食器洗い機まで持っていき、残りの食器や、スクランブルエッグを作るときに使ったフライパンも一緒に入れた。

「ありがとう」レイチェルはじれったそうに自分の膝をにらみつけた。「自分で何もできないのは本当に厄介ね。早く腫れが引いてくれることを祈るばかりだわ」

「ちゃんと動けるようになるまでには数日かかるだろうな。そうなってからも気をつけるようにしないと」マットは忠告した。「焦って無理をすると、悪化を招くだけだ」

「つまり、気を長く持てということね」レイチェルは顔をしかめた。「ゆうべなんて最悪だったわ。うちの階段はとても急だから、寝室へ上がるのにものすごく苦労したの。そして今朝は、お尻でおりてこないといけなかったのよ。とても見られたものじゃないでしょう！」

皮肉のこもったその言い方にマットは笑いつつも、心配になってしかたがなかった。もし何か緊急事態が起こった場合、レイチェルはこのコテージから逃げ出すのにひどく苦労するだろう。「膝がよくなるまでは、一階で寝たほうがいいんじゃないかな」

「そうしたところで、バスルームが二階なのよ。だから、どのみち二階へ行かなきゃならないの」レイチェルは肩を小さくすくめると、脚を座面からおろして立ち上がった。「心配しなくても大丈夫よ。すぐに治るわ」

それはどうかなと思ったが、マットは言わないことにした。レイチェルがコートとバッグを持ってくるのを待ち、そして彼女がもたれかかれるように腕を貸して、自分の車へと向かった。レイチェルの顔がこわばっていることからして、こんな短い距離を歩くだけでも大変なことがうかがえるが、家にいて休んだほうがいいと助言したところで無駄だというのはわかっている。仕事熱心な彼女は、本当に避けられない事態でないかぎり、病欠などしない。それに実のところ、ロスの負担を軽くしようとしている最中に彼女に休まれると、仕事をまわすのが困難になってしまう。

それにしても、もっと彼女の助けになってやれないことがもどかしい。膝がよくなるまでは、彼女から目を離さないようにして、けっして無理をさせないようにしよう。今のレイチェルに必要なのは、彼女の面倒を見てやる人間だ。ぼくがその役目を喜んで引き受ける。もしそれが長期間のことになってもかまわないという思いが頭をよぎったが、それについてよく考えてみるのはやめた。そんなことを考えるのは早すぎる。あまりにも時期尚早だと言えるだろう。

5

今日の午前の診察は、まれに見る忙しさだった。ウイルス性胃腸炎の流行によって、診察を求める患者が殺到していた。レイチェルはみんなに同等にいたわりの声をかけ、アドバイスをした。冬場に流行するこのタイプの胃腸炎は、患者にとって動揺の大きい病気ではあるが、食事制限をして胃腸を休め、こまめな水分補給を心がけるようにすれば、命にかかわることはめったにない。ただし、高齢者や虚弱者、乳幼児は例外だ。そうした人たちには特別なケアが必要なので、十代の若い母親が生後三カ月の息子を連れてきたときには、レイチェルはとりわけ気をつけて診察した。

「チャーリーはいつからこんな具合なのかしら、メラニー？」かわいそうな子供の様子を見ながら尋ねた。小さなチャーリーの唇はかさかさに乾いていて、レイチェルが口をそっと開けさせて調べてみると、舌も同じように乾いている感触だった。この月齢の子供に、これは心配な兆候だ。

「昨日のお昼から。ミルクを飲んだあと吐いて、そのあともずっと吐き気が続いている感じ。おむつもべたべたなのよ」メラニーは不快そうに鼻にしわを寄せた。

レイチェルはため息が出そうになるのをこらえた。この母親が悪いわけではない。経験が不足しているせいで、これがどんなに切迫した状況かということに気づいていないだけなのだ。「チャーリーにそれから何か飲ませてあげた？　たとえば、お湯を冷ましたものとか？」

「ううん。湯冷ましを飲ませるといいって、何週間か前に巡回保健師にも言われたけど、この子がいやがって」メラニーは言った。「この子はミルクのほうが好きなの」

「わかったわ」レイチェルが人差し指で赤ん坊の腕をそっと押してみると、案の定、皮膚が弾力に欠けていた。チャーリーは典型的な重症の脱水の兆候をすべて示していて、至急に治療が必要な状態だ。レイチェルは受話器を取って、救急サービスに電話をかけ、出たオペレーターに事情を手短に説明し、救急車を要請した。電話を切ると、メラニーがうろたえた顔でこちらを見た。

「救急車って！　チャーリーは入院しなきゃいけないほどの病気じゃないでしょう？」

「残念ながらそうなのよ、メラニー」レイチェルは静かに言った。「チャーリーはひどい脱水で、この月齢の赤ん坊にはとても危険な状態なの。できるだけ早く水分補給をする必要があるから、向こうの病院に着いたら点滴を受けることになるわ」

「ここで吐き気を止める薬を出してもらったら、それでいいと思ってたのに！」メラニーは泣き叫んだ。涙がぽろぽろ頬にこぼれ落ちている。

「そう簡単だといいんだけど」レイチェルはなんとか立ち上がると、足を引きずってデスクをまわっていった。若い母親を慰めるように、その肩を抱いて言った。「向こうの病院のドクターは、チャーリーの水分と塩分の濃度を調べるために血液検査もすると思うわ。深刻な脱水に陥った乳児には、そうしたもののバランスがちゃんと維持できているか確認することが欠かせなくなってくるの」

「そういうのを全部知ってたらと思うわ」メラニーは鼻をすすった。「そうしたら、チャーリーは危険な状態かもって思って、ゆうべのうちにここへ連れてきて診てもらったのに」

「誰かあなたたち親子を助けてくれる人はいる？」

レイチェルが尋ねると、メラニーは首を振った。

「わたしは児童養護施設で育ったから。両親がどこにいるかも知らないの。施設にいたあいだ、一度も会いに来てくれたことはないし。チャーリーの父親はというと、わたしが妊娠したって話したら、そんなことは聞きたくないって」

「そうなのね」まるでどこかで聞いたような話だと思い、レイチェルはメラニーのことが気の毒になった。わたしはとても運がよかったのだ。ロスが生まれてからの数年間の大変な時期に、両親がそばにいて助けてくれたのだから。

しかし、そのことをここでいつまでも考えている時間はなかった。救急車が到着したので、レイチェルはメラニー親子を受付まで送っていき、そして診察室に戻った。だが、リストに従って仕事をしていくうちに、メラニーのような若い母親たちを助けるために何かしなければという気になった。彼女たちがアドバイスをもらいに行ける場所がどこかにあれば、今回のような事態の再発を防ぐことができる。

　マットにこれを話して、彼がこの案をどう思うか訊いてみよう。二つの頭脳を合わせれば、きっとなんらかのプランを思いつくはずだ。レイチェルの口元に笑みが浮かんだ。これでわたしの仕事が増えるとしても、マットと一緒の仕事ならいつだって楽しいし、面倒だなんて思ったことは一度もない。


　マットは最後の患者が帰ると、ただちにレイチェルの診察室に向かった。思えば、ずっと時計ばかり見ていた。時間よ、早く過ぎてくれ、そうすれば彼女の様子を見に行けるのにと。レイチェルはデスクに向かっていた。下を向いて、メモに何かを書きつけている。

　マットは体の奥が急に熱くなるのを覚えた。レイチェルはぼくがここにいるとは思っていないので、眺めるのに都合がいい。この機会を最大限に活用しよう。彼女の豊かな栗色の巻き毛は乱れていて、顔にかかっている。とてもつややかで柔らかそうなその髪に、またしても触れてみたくなる。次にその肌だ。肌もとてもなめらかで、すべすべしていて、やはり触れてみたくてたまらない。彼女のすべてが魅力的で誘惑的で、どうしてそのことに今まで気づかなかったのか不思議だ。この数年間、ぼくは目をつぶって彼女のまわりを歩いていたのか？　それとも、その美しさに気づくのが怖かったのか？　気づいたが最後、どうなるかわかっていたから。レイチェルに惹かれていることを認めるのは、クレアを忘れつつあることを意味するから。

　その考えにマットはぎくりとした。自分は意図的に過去にしがみついているのではないかと考えてみたことはなかったが、それが事実なのだ。ぼくは何が待っているかわからない未来が怖くて、過去を手放すことを恐れていた。クレアが亡くなるまでのぼくの人生は計画されたもので、自分が立てた計画どおりに進んでいた。好きな仕事に就き、愛する子供もできて、幸せな結婚生活を送っていた。ところが、クレアの不慮の死がすべてを変えてしまった。自分の未来は制御不能なものになり、ぼくは途方に暮れた。そして、なんとか生きていくには、過去に持っていたものにしがみつくしかなかったのだ――とりわけ、クレアへの愛に。

もはやそれでは足りないということは、心の奥ではわかっている。思い出だけでは生きてはいけない。だが、それ以上のものを手に入れるということは、リスクを負うことを意味する。痛手を負うかもしれない立場に自分を置くことは想像できなかった。仮に誰か好きな人ができたとしても、自分の心を再びリスクにさらす勇気がぼくにあるだろうか？

思考が堂々めぐりしてしまい、この乱れた心と折り合いをつけるには時間が必要だとマットは悟った。静かに後ずさりして部屋を出ようとしたが、ちょうどそのときレイチェルが顔を上げて、彼を見つけた。その顔が笑顔になると、マットは不安で胸が締めつけられそうになった。今でも充分に手遅れなのかもしれない。ぼくはすでにレイチェルを好きになりすぎている。

「あら、ちょうどいいところに来てくれたわね」レイチェルはデスク越しにマットにほほえみかけた。十代の新米妊婦向けの相談所を作ろうと計画を立てている最中だったので、メモに再び目を落として、うなずいた。えっと、これは実行できそうね。なんとか。

マットに自分の案を聞いてもらいたくて目を上げたが、彼が一ミリも動いていないことに気づいて、レイチェルは眉をひそめた。マットはまだドア口に突っ立っていて、どう見ても、よそへ行きたがっている様子だ。いったいどうしたのだろう？

「大丈夫、マット？」そう切り出したが、彼はレイチェルに最後まで言わせなかった。

「悪いけど、レイチェル、今は時間がないんだ。緊急の呼び出しが入っていてね。話はまたあとにしてくれるかな？」

「え、ええ……もちろんいいわよ」そうつぶやいたが、マットはもう行ってしまったことからすると、その言葉は聞こえなかったに違いない。

レイチェルは顔をしかめながら立ち上がった。ほんの数分も話しているひまはないなんて、きっと彼にはよほど大切な用事があるのだろう。レイチェルは患者のカルテを取りまとめ、オフィスに向かった。レイチェルがやってきたのを見つけた受付係のキャロルが、はじかれたようにデスクから立ち上がり、急いでドア口に駆けつけた。

「ブザーを鳴らして呼んでくれればよかったのに」キャロルはいさめるように言った。「そうしたら、そのカルテを受け取りに行っていたわ。ほら、座って。その膝に体重がかからないように」

「ありがとう」レイチェルはやれやれと椅子に座り込んだ。「あの廊下があんなに長いってことにも今まで気づかなかったわ」冗談を言いながら、事務用品が入っている手ごろな大きさの段ボール箱に脚をのせた。

「しかも終業時間あたりになると、ますます長く感じるわよね」キャロルは冗談に応じながら、自分の椅子からクッションを取って、レイチェルの腫れた膝の下に置いた。「ここで駆けずりまわっていないで、家に帰って休んだほうがいいわ」

「駆けるという表現が正しいのかどうか。だって、ひょこひょこ、よたよたって感じだもの。この肩にオウムさえのせれば、ロング・ジョン・シルバーの代役を務められるわ！」

キャロルは笑った。「おどける余裕はあるのね。すごいじゃない」

「せいぜいそこまでよ」レイチェルはきびきびと返答した。ドアの向こうからロスが顔をのぞかせたので、そちらを振り返ると、彼女の怪我をした脚を目にしてロスが表情を変えたのが見えたので、片手で制した。今朝出勤してきたとき、レイチェルは自分の診察室へ直行して、怪我をしたことをロスに言わなくてもすむようにしたのだった。せっかくそうしたのに、これではもう逃げ道がない。「あわてなくていいのよ、ロス。ゆうべ車から降りたときに滑って転んで、膝をぶつけただけだから。はるかに重傷みたいに見えるけど」

「どうして電話してくれなかったんだ、母さん？」

ロスは部屋に入ってきて、レイチェルの前にかがみ込むと、あざを見て頭を振った。「知らせてくれたら、すぐに駆けつけたのに」

「それはわかっているけど、あなたに面倒をかけたくなかったのよ。いずれにせよ、急いで来てもらう必要もなかったし」レイチェルはわざと真実を少しゆがめて言った。今のロスにはわたしのことで心配などさせたくない。「それにマットが力になってくれて。今朝は朝食まで作りに来てくれて、ここにも送ってくれたのよ」

「へえ、そうなんだね。それならよかった。だけど、やっぱりぼくには電話で知らせてほしかったな」

ロスがわたしの説明を額面どおりに受け取ってくれてよかったと、レイチェルは安堵のため息をついた。昨夜わたしが一人で奮闘したことをロスは知る由もないし、わたしから知らせるつもりもない。ロスにほほえんでみせると、彼の目に陰りがあるのが見えて、レイチェルの胸は痛んだ。どんなにロスが普通にふるまい続けようとしていても、先日のできごとが彼に大きな打撃を与えていることは間違いない。「叱られてもしかたがないわね。ごめんなさい、ロス」

「こういうことが二度とないようにしてくれれば、今回のことは見逃してあげるよ」ロスが手厳しい口調を装って言ったので、レイチェルは笑った。彼はレイチェルの頬に軽いキスをすると、立ち上がった。

「頼んであった往診リストは用意できているかな、キャロル?」受付係にそう声をかけた。

「ええ。緊急を要するものはないわ。ほとんどが例のウイルス性胃腸炎にかかっているみたい」

キャロルは往診リストと、一緒に持っていく必要のある該当患者のカルテを印刷したものを手渡した。

レイチェルは眉をひそめた。緊急を要するものはない? でも、それならマットが急いで向かっていった呼び出しは何だったの? レイチェルはロスが出ていくのを待ってから、そのことを切り出した。

「マットが緊急の呼び出しがあったとか言っていたけど。彼は誰のところへ行ったの?」

「マットが?」キャロルはぽかんとしてレイチェルを見つめた。「ごめんなさい、言っている意味がわからないわ。今日はロスがオンコール担当で、マットではないわ。それに、さっきわたしが言ったように、緊急を要するものはないの」

「そうなのね。じゃあ、きっとわたしの勘違いね。痛み止めをのんでいるせいかしら」

レイチェルはそう受け流したものの、困惑を覚えずにいられなかった。呼び出しがあったと、マットはあんなにはっきり言っていた。これはいったいどういうこと? どこかへ行かなければいけなかったのなら、なぜそう言わなかったの……? ヘザーのことで何かあって、それをわたしに知られたくないというのなら、話は別だけれど。

レイチェルは悲しくなって、ため息をついた。これまでマットが嘘をついたことはない。それが今は、嘘をつくのもやむをえないと思っているのだとしたら、いい気持ちはしない。わたしは自分たちの子供たちのことで一方の肩を持つつもりはないと、マットにきちんと伝えておかなくては。このことで二人の関係に悪い影響が出るのはいやだ——近ごろの二人の関係がどういうふうだとしても。

またしても不安が襲ってきた。ほんの数日前までは、マットがわたしを友人と思ってくれていることに満足していた。でも、もはやそれでは足りないと思うようになっている。同僚と見られるのもうれしくない。どうやら、彼はわたしの人生の中で新たな役割を持つようになってきている。どういう役割かということについては、しっかり注目していかなければならない。

マットはわたしをどう見ているのかしら？　昨夜レイチェルの頭を悩ませた質問がまた舞い戻ってきた。彼はまだ前と変わらず、わたしのことを長年一緒に働いてきた人という目でしか見ていないのだろうか？　それとも、彼も今はわたしを前とは違う目で見ている？

マットに関するかぎり、前と何も変わっていないという、守りの考えに入りたがっている自分と、前と違うと感じている自分がいた。悩ましいのは、それをはっきりさせることによって状況が簡単になるのか、それともいっそう複雑になるのか、自分ではよくわからないということだ。すべては、マットがわたしのことをどう思っているかにかかっている。それは、時間がたてばはっきりすることだ。

マットは一時間近く車をあてもなく走らせてから病院に戻った。そのころには最初のパニックはおさまって、恥ずかしいという明確な感情に置き換わっていた。薄っぺらな言い訳だけ残して、あんなふうに急いで逃げ出すとは、いったい何を考えているんだ？　苦々しく思いながら車を駐車場に止めた。急患などいないということは、レイチェルがキャロルに確認すればすぐにわかったはずだ。ぼくは説明を求められることになるだろう。

マットは口を引き結んで病院のドアを開け、中に入った。恥をかいたことはあまりないので、なんとも心地が悪かった。これからはあんなばかな行動は取らないようにして、ぼくらしい、きちんとした理性的なふるまいをしなくては。

「あら、マット！」

レイチェルの声に、マットははたと立ち止まった。ゆっくり振り向きながら、そのあいだに覚悟を決めようとした。何か訊かれるに決まっているし、訊かれたら答えなければならない。どこへ行っていたのかとずばり尋ねられたら、あわてて出ていった理由をなんと説明しよう？　前についた嘘はたわいない小さな嘘だったとはいえ、また嘘を重ねるわけにはいかない。本当のことを言うしかないだろうが、それはぞっとするような内容だ。聞かされた彼女がどんな反応をするか、想像する勇気もない。きみに惹かれているから、あんなに急いで出ていったんだと白状している自分の姿を本当に想像できるか？

「このあと、もし空き時間があったら、二人で話せない？　あなたに相談したいことがあるの」

レイチェルが受付カウンターまでよろよろ歩いていくのを見て、マットは自分のことも忘れ、とっさに彼女の腕をつかんで支えた。「座って、その脚を休めなきゃだめだ。さあ、それ以上痛めてしまう前に、きみの診察室へ戻ろう」

マットが彼女の腕を取ったまま、二人で廊下を進んでいった。レイチェルが椅子に座り込んで、安堵の気持ちを雄弁に語るうめき声をもらすと、マットは首を振った。

「もっとペースを落とすんだ。そこらを駆けずりまわっていないで」

「駆けることができたらと思うわ」

レイチェルはほほえんでみせた。目に愉快そうな色をたたえているが、そこには懸念の色もごくわずかながら浮かんでいる。ぼくが往診に行ったのではないことを彼女はもう知っているのだ。言葉を交わさなくてもマットにはそれがわかった。レイチェルは遠慮して黙っているだけだ。そう思うと、いよいよ罪悪感を覚え、マットはデスクの端に腰かけた。

「ほらね、どんなペースで歩こうが、きみにはまだ歩くのは早すぎるんだ。誰かに用事を頼みたいときは頼むんだよ。一言そう言えばいいだけなんだから」

「わかってはいるんだけどね。ありがとう」信頼しきった顔でレイチェルがこちらを見上げたので、やはりあのことを正直に話さなければとマットは思った。そのあとのことをどうするかというのは、また別の問題だ。

「さっきのことだけど。あわてて出ていってしまって」そう切り出したが、レイチェルが片手で制した。

「説明はいらないわ、マット。わかっているから」

「わかっている？」困惑を隠せずにいると、彼女はそっとため息をついた。

「わたしの気を悪くさせたくなかったんでしょう。でも、大丈夫よ。本当に。わたしは一方の肩を持ったりしないから。これは二人が自分たちで解決すべき問題だもの」

「二人が？」マットはつぶやいた。レイチェルが何を言っているのかわからない。

「そうよ」レイチェルが身を乗り出したので、その目に同情の色が浮かんでいるのが見えた。「もしヘザーから連絡があったとして、あなたが彼女に会いたいと思うのは当然のことよ。このことはロスには言わないと約束するわ。わたしは干渉するつもりはないし、それに、不必要にロスの期待をあおりたくないから」

「なるほど。わかった」マットにはどうしたらいいのかわからなかった。ヘザーから連絡はないということを説明するべきなのだろうが、それをすると、また新たに厄介な事態を引き起こすことになる。ヘザーのことは黙っておいたほうがいいのか悪いのか、マットは葛藤した。だが、まだ決めかねているうちにレイチェルが話題を変えた。

「今、手が空いているのなら、わたしのこの案について話がしたいんだけど」

レイチェルは十代の妊婦向けの相談所を作ってはどうかという話を始めた。マットはそれをさえぎることはしなかった。安易な道を選んだ意気地なしと言われればそれまでだが、このままにしておいたほうが、両者にとってストレスがはるかに少なくてすむ。ぼくがレイチェルに惹かれていることを白状すれば、二人の関係は劇的に変化するだろうが、それがいいことなのかどうかはわからない。結局、行き着くのは一つのシンプルな問いだった。ぼくは友人としてのレイチェルを失うリスクを冒したいのか？それ以外の関係に進む心の準備ができているかどうかもわからないうちに？

6

「これでみんなによけいな仕事が増えることは承知しているわ。でも今日、メラニーと赤ん坊のチャーリーにそういうことがあって、相談所を作る価値があると切実に感じたの。悲劇の一歩手前という状況の再発を防げたらいいと思わない？」

レイチェルはマットの返事を待った。相談所を作ることのメリットをマットにもわかってほしい。自分がこの案に対して相当な思い入れを持っていることが、彼に説明しているうちによくわかった。あとはマットがこの熱意に共鳴してくれることを祈るのみだ。

「それはとても理にかなったことだと思うよ」マットはゆっくり言った。「たしかに、仕事量は必然的に増えることになる。とくに開設の準備中は。だが、これで往診の要請や来院者の数を減らせるかもしれないという側面もある。若い母親たちがもっと自信を持てるようになれば、むやみにわれわれを呼び出すことも少なくなるだろうしね」

「そうなのよ！」自分の考えをマットが理解してくれたのがうれしくて、レイチェルは満面に笑みを浮かべた。とはいえ、マットは新しい試みに対して心が狭い人ではない。患者のためになるような斬新なアイデアには常に心を開いてきた。人の話を聞いて学ぼうとする。彼のそういうところにもレイチェルはいつも感心しているのだった。でも、彼にはほかにも尊敬できるところがたくさんある。いいところ満載の中から一つだけを選ぶのは難しいわ。

レイチェルは咳払いをした。気をゆるめるとすぐに思考が脱線してしまう。「ファンディングも利用できるかもしれないわ。それも調べてみないと。なんらかの助成金が得られたら、必要に応じて応援の人を雇ってもいいわね。妊婦の相談相手になれる助産師を雇うとか、日々の実践的なアドバイスができるように巡回保健師や経験豊富な母親を雇うとか。そういうサービスがすでにいくつかあることは承知しているけど、母親たち――とくに若い母親たちは援助が充分ではないと感じている印象があるわ」

「ぼくも同じ印象を持っているよ。実は、つい先日、ぼくの患者の一人がこう言っていたんだ。近ごろでは新米の母親向けに用意されているのは、出産前に受ける一時間のガイダンス三回だけだそうだ。その三時間のうちに、出産から生後一年間までをすべてカバーするようになっているらしい」

「それだけ？」レイチェルは驚いた。「そんなものではぜんぜん足りないわ。とりわけ、メラニーみたいなとても若い母親には。彼女たちに母親になる準備を整えさせるためには、もっともっとたくさんのサポートが必要よ」

「本当にそうだ。きみがとくに彼女たちを助けてやりたいと思うのは、自分の経験から来ているんだろうね」マットは静かに尋ねた。

「そのとおりよ。自分の手に余るという気持ちがよくわかるから。とはいえ、わたしはまだ幸運だったほうよ。両親に助けてもらえたから」

「きみがそれだけ強い気持ちを持っているということなら、できるだけ早急に開設を検討しよう」マットは腕時計に目をやって顔をしかめた。「悪いけど、もう行かないと。妊婦検診の担当になっているんだ。この話の続きはまたあとでしよう。片づけなければいけないことが、まだまだたくさんあるからね」

レイチェルは卓上ダイアリーをチェックして、首を振った。「残念ながら今日はその時間がないわ。今から禁煙外来があって、午後の診察の開始時間まで手が離せないと思うの。禁煙外来は、いつもなんだかんだで時間を超えるのよ」

「それなら今夜はどうかな？」マットは立ち上がった。「この計画を先へ進めるのに充分な資金を確保しようと思ったら、来年度の予算にその費用を組み込む必要がある。一月末にはその数字を出さないといけないから、急いで取りかからないと」

「あなたがかまわないのなら」レイチェルは彼の提案にどんなにか心引かれていることを勘づかれたくなくて、遠慮がちに言った。再びマットと夜を一緒に過ごせるとは期待もしていなかったことなので、そうできそうになって胸がわくわくしている。

「もちろん、かまわないよ」マットはさっとほほえんでみせた。「ちょっとおしゃれに、食事をしながら話すのはどうかな」

「いいわね」レイチェルは賛成し、うなずいた。

「よし。デートといこう」


マットはすぐに部屋を出ていったが、レイチェルが彼に続いて出ていったのは、それから数分たってからだった。あれはただの言いまわしだったのよ、それだけだわ。禁煙外来が開かれる会議室に向かいながら、レイチェルは自分にしっかり言い聞かせた。デートであるわけがないのだから、そんな考えは今すぐ頭から追い出さないと。ただの同僚の二人が、食事をしながら仕事関連の打ち合わせをしようと約束しただけの話よ。それはわかっていても、マットはもっと別の理由でわたしを食事に誘ってくれたのだと思いたかった。彼がわたしと少しでも一緒にいたいと思ってくれているとなれば、それはわたしにとって大きな意味を持つことになるから。

時間はあっという間に過ぎて、気づけば午後の診察時間になっていた。マットは最初の五、六人の患者を診たが、とくに重大な問題にはでくわさなかった。ほとんどの患者は、よくある症状でやってきていた。咳や風邪、中耳炎、関節痛といった、どこの多忙な総合病院でも治療数最多の症状だ。マットは患者の訴えによく耳を傾け、彼らに当然の敬意を表しながら、どの患者にも同等に接した。マットは人が好きだった。そうでなければ、この仕事を選んでいないだろう。

次の患者は、アダム・ショーという名前の十代の若者だった。足を引きずって診察室に入ってきて、ひどく落ち着かない様子に見える。マットは若者を着席させると、彼を励ますようにほほえみかけた。

「さて、今日はどうしたのかな、アダム？」

「それが……えっと……」アダムは恥ずかしそうに顔を真っ赤にした。ここへ来た理由を説明するのが彼には苦痛であるらしい。

「恥ずかしがることはないよ、アダム。何を聞いてもぼくはびっくりしないと約束するから」マットは若者の目をしっかり見て言った。「いったいどうしたのか、思いきって言ってごらん」

「ここが」アダムは小声で言って、自分の股間を指さした。「なんだか、その……変なんだ」

「どんなふうに？」マットはてきぱきした口調で尋ねた。必要な情報を引き出すにはこうするのがいちばん早いのを知っているからだ。この調子では、夜中になってもまだ二人でここに座っているはめになる！

そう思った拍子に今夜の約束のことが思い出されたが、なんとかその考えを払いのけた。レイチェルのことと今夜出かける予定の食事のことを考え始めたら、この若者よりよろしくない状態に陥ってしまうだろう。

「どんな症状か説明してくれるかな、アダム？」

「えっと……何か……膿(うみ)みたいなのが出てるんだ」

アダムはますます顔を赤くして言った。「それに、全体に腫れてる感じがして」

「なるほど。わかった。診てみないといけないから、そのついたての向こうへ行って、ズボンと下着を脱いでくれるかな。少ししたら行くから」

マットは若者に支度の時間を二、三分与えてから、彼のところへ行って診察した。アダムの睾丸はたしかに腫れていた。それに、排尿のたびに不快感もあるということだった。膿が出ているという話と合わせると、診断はすぐに下すことができた。

「きみは非特異性尿道炎（NSU）にかかっているようだ、アダム」二人とも席に戻ると、マットは若者に告げた。「尿道が炎症を起こしていて、そのせいでこうした症状が出ている。今、最も気がかりなのは、これを引き起こした微生物は何かということだが、NSUはクラミジアのような性感染症によることがほとんどだ。きみの場合もそうだとしたら、きみが性交渉を持った相手全員と連絡を取って、その人たちにも治療が必要か確認しないといけなくなる」

「待ってよ！　こんなことになるなんて信じられない」アダムは両手で頭をかかえて、うめいた。「ぼくの両親にも連絡が行くのかい？　これを知ったら、両親は頭がおかしくなる！」

「ご両親には連絡しないよ」マットは首を振った。「きみは十七歳だ。だから、きみと体の関係を持った相手以外は誰も巻き込む必要はない。もしクラミジアだとしたら、その人たちにも検査を受けてもらうことが不可欠になる。将来に深刻な影響が出てくる可能性があるからね。きみも、ちゃんと治療しないと不妊になる可能性がある」

「ぼくが寝た相手は一人だけなんだ。本当だよ、ドクター・トンプソン。ぼくは初体験だったから、NSU、彼女から移ったのかとも思ったけど、そうではないみたいだったし」

アダムは自分の見当違いだったと思って、ひどく落ち込んでいる様子だ。マットはアダムに気を取り直す時間を与えてから話を続けた。必要な情報をすべて手に入れておかなければならない。アダムの相手の女性の名前と住所を書き留め、そして検査に出すためのサンプルを採取した。それからエリスロマイシンの処方箋を書いて、一週間後には検査の結果が出ているはずだから、そのころにまた診察を受けるようにアダムに告げた。これから三カ月間は、再発していないか確認するために何度か追跡調査の来院が必要になる。それについては、再受診に来た際に説明することにしよう。

マットは〝アダムのガールフレンドが当院の患者か調べること〟とメモしておいて、次の予約患者を呼び入れ、そうしながら時計に目をやった。あと三十分で診察時間は終了だ。そのあとにはレイチェルとの楽しい食事が待っている。仕事を兼ねた食事にすぎないとしても、それでいっこうにかまわない。

彼女と一緒にいられるだけで充分なのだ。この危うい精神状態のときに、そのようなことをしてはいけないのかもしれない。とはいえ、ぼくだって生身の人間にすぎない。彼女と一緒にいたいと思うくらいはいいじゃないか。それが賢明なことかどうかは定かではないが。

レイチェルは、最後の患者が帰っていくと、急いで化粧室へ行った。今夜食事に出かけるとわかっていたら、今朝はこんな地味なグレーのスーツではなく、もっと華やかな服を着てきたのに。今さらどうすることもできないので、顔を洗って口紅を塗り直し、髪をふわりとふくらませた。毎日そうしているように、髪があちこちに向かって跳ねないで、おとなしく顔を包んでくれますようにと祈りながら。それでも、言うことを聞かない髪ではあるが、豊かで、つやつやしているところは気に入っている。

レイチェルが診察室に戻って、コートを着ようと格闘しているところへ、マットが現れた。部屋を大股で進んでくる彼は、とても大きく見えて、ハンサムで、レイチェルの胸は少女みたいにときめいた。

「手を貸そうか？」

マットはコートを彼女から受け取ると、またたく間に腕を袖に通させた。彼の手が襟を整えてくれるのを感じたときにはレイチェルの体に震えが走った。彼の手と自分の肌とのあいだには生地が何層もあるというのに、肌がうずき、血がたぎるのを覚えて、ものを考えるのが難しくなってしまった。彼が手を離したとき、ようやく自分を取り戻すことができて、レイチェルはそっとため息をついた。このあと何かばかなことをしでかしたくなかったら、感情をしっかりコントロールしなければ。

「どうもありがとう。あとはバッグを持てば、出発準備は完了よ」また脱線することのないようにと心に誓いながら言った。膝の怪我のことをすっかり忘れて、デスクのいちばん下の引き出しを開けようと身をかがめたところ、急に膝が崩れ、レイチェルは息をのんだ。

「気をつけて！」マットが彼女の腕をつかんで支えてくれた。彼は首を振って言った。「前に言っただろう、レイチェル？　用事を頼みたいときは頼むんだと。さあ、それはぼくがやるから」マットは身をかがめてバッグを取り出し、その重さに眉をひそめた。「この中にいったい何が入っているんだい？　ものすごく重い」

「べつに、ごくありふれたものよ」これからはもっと気をつけなければと心に留めながら、レイチェルは答えた。せっかく気持ちを落ち着けていようと努めていても、こうやってことあるごとにマットに触れられてしまったのでは、元も子もない。自分をきちんと立たせてくれたときのマットの手の力強さを思い出すと胸がどきどきしてきて、レイチェルは急いで言葉を続けた。「きっと、そこにごちゃごちゃと入っているものを出して整理することなく、次々に入れていくだけだからそうなるのよね」

「まったく、女性の荷物ときたら」よろよろとデスクをまわっていくレイチェルに、マットは目をくるりとまわしてみせた。

「あら、どの口がそう言っているのかしら?」レイチェルは当てつけがましく彼のかばんをちらりと見ながら切り返した。「あなただって、けっして身軽とは言えないじゃない」

「ああ、でも、きみと違うのは、ここに入っているものはすべて必需品だということさ。薬とか、いろいろね」マットは、まるでそうするのがずっと前から日常の習慣になっているかのように、腕を曲げて差し出し、そこにレイチェルの手をかけさせて笑った。いつの間にか彼のたくましい体と自分の体が触れ合っていることに気づいて、レイチェルは小さく息をのんだが、その音をマットの笑い声がうまく隠してくれて幸いだった。

「本当にそれだけなの? そこには必需品以外は何も入っていないと宣誓するつもり?」レイチェルは感情をしっかりつなぎ止めておくように懸命に努めながら、言葉を返した。

「もちろんだ」ドア口で立ち止まって明かりを消しながら、マットは高らかに宣言した。「ここに入っているものは全部、仕事関係のものだ」

二人は廊下をのろのろと進んでいった。急いで歩けないレイチェルに合わせて、マットがペースを調整してくれていた。彼のその思いやりには感謝しながらも、これではなんの役にも立っていないとレイチェルは思った。マットがゆっくり慎重に大股で踏み出すたびに、その腰と太腿がますます彼女の体に密着してくるのだ。それは想像しうる最も甘美な拷問だった。分厚い冬服を着ていても、彼の力強くてたくましい体の感触がはっきり伝わってくる。まるで二人とも何も着ていないかのように。

その光景がふっと頭に浮かんで、体がかっと熱くなり、レイチェルは唇を噛んだ。状況は悪いのを通り越して最悪になりつつあり、どうしたらいいのかわからない。唯一わかっているのは、わたしの気持ちをマットに勘づかれないようにしないと、すべてが台なしになるということだ。彼がわたしの人生からいなくなってしまうより、友人や同僚でいてくれたほうがいい。

二人は、昨夜行ったのと同じレストランに出かけた。気分を変えて、どこか違う店に行こうとマットは提案したのだが、高級な店に行くような服装をしていないからとレイチェルが言い張ったのだ。マットの目には彼女はいい感じに映っていた。いや、いいどころか、すばらしいと思うのだが、それを言うのは控えておいた。これは仕事を兼ねた食事なのだから。ウェイターの案内で席に向かいながら、マットは自分に念を押した。これはデートではないのだぞ。

本当のデートというのはどんなことをするのだろうという考えが、マットの目の前に蜃気楼のようにちらついた。もしレイチェルとデートに出かけたとしたら、自分の気持ちを彼女に伝えてしまうだろう。彼女に惹かれていることを白状して、ぼくが傷つくのを恐れていることも告白するかもしれない。そして食事が終わったあとも、二人はデートを続けることにする。お互いのことをよく知らないわけではないから、ぼくの家に彼女を誘ったとしても、急ぎすぎだと思われることはないだろう。二人で居間の暖炉脇に座ってコーヒーを飲むのがいい。それから彼女にキスをする。ゆっくり、深く、情熱的に。

レイチェルの唇はどんなにか甘い味がするだろう。花の蜜みたいに。それを想像すると体がむずむずしてくる。彼女にいったんキスをしたあと、またキスをして、それからもキスをし続ける。二人とも、もはやこれだけでは物足りないと思うようになるまで。

レイチェルは長く続く男女関係を選んでこなかったとはいえ、きっとベッドの中では情熱的なタイプで、敏感に反応してくれる気がする。男を優しく包み、多くを与えてくれる女性のようにも思う。寛容な性質の彼女だから、もったいぶるようなことはしないはずだ。ぼくに自分を惜しみなく与えてくれることだろう。ぼくは彼女の柔らかで甘やかな体に自分を埋め、癒やしを与えてもらう。そして彼女の腕の中でまた元気を取り戻すのだ。未来を恐れたり怖がったりすることもなく。なんとも魅力的で、あらがいがたい世界だ。

「わたしは昨日と同じものにするわ」

レイチェルがメニューを閉じて、テーブルに置いた。マットは頭がくらくらするのを覚えながら、現実から蜃気楼を切り離そうとした。「いいね。ぼくもそうしよう」

マットは、彼女が置いたメニューの上に自分のメニューを置き、頭の中にひしめいているさまざまな映像を追い出そうとした。レイチェルは、愛され、大切にされるべき女性だ。そうでなければならない。今のぼくには、まだそれができる自信がない。「それで、その新しい相談所に関して何か思いついたかい?」妙に不安をかき立てる考えから気をそらすために、そう尋ねた。

「一つだけ。避妊についても相談できるようにしたらどうかと思って」レイチェルはそこで言葉を切った。そのようなサービスを提供するメリットはあるのか考えあぐねている様子なので、マットは彼女を励ますようにうなずいた。できるだけたくさんの新しいアイデアで頭をいっぱいにすれば、それらがほかのよけいなことを全部締め出してくれるかと期待して。

「それはとても理にかなったことだと思うよ。ダルヴァーストンにはちゃんとした家族計画外来は作られてこなかった。家族計画というものは大きく見過ごされているんだと、ぼくは思う。たしかに、この町での予定外の妊娠の数はほかの地域に比べればまだ少ないかもしれないが、それでも、あるにはある。少年少女たちは、責任ある行動をすべきだということを理解する必要がある。それは、妊娠を避けるためだけではない」

「性感染症のこと？」

「そう。今日の午後に来た若者は、そうしたサービスが価値あることを示す例の最たるものだった。彼はなんらかの性感染症――おそらくクラミジアにかかっている様子で、しかも初体験でそうなったということだった。彼のような若者は、性交渉が初めてだろうが百回目だろうが、危険を冒すようなことをしてはならないというのを理解しておかないと」

「そうね。でも、少し偽善的に聞こえないかしら」

「偽善的？」マットは眉をひそめた。「どういう意味だい？」

「自分自身が十代の母親だったわたしは、良識ある行動とはどういうものかを示すお手本にはとてもなれないもの」レイチェルは自嘲気味に言った。

「実にばかばかしいよ、レイチェル。たしかに、ロスを身ごもったのは予定外のことだったかもしれないが、誰だって一生に一度くらいは失敗をするものだ」

「ありがとう。でも、言っておくと、たとえ今までの生き方を変えられたとしても、変えるつもりはないの。ロスを授かったのはわたしにとって最高にすばらしいできことだったから。養わなければいけない子供がいなかったら、今の半分もがんばれなかったと思うし」

「だったら、それでいいじゃないか。何も負い目なんて感じることはない。それどころか、少年少女たちへのロールモデルとして、きみ以上にふさわしい人は思いつかないよ」

マットは自分の声がかすれていることに気づいて、水のグラスを手に取った。頼むから、ぼくの賛辞に対して礼を言わないでくれと思いながら。もしレイチェルから礼を言われたら、調子に乗って、もっといろいろなことを言ってしまいそうだ。そんなことをしてはいけない。自分は彼女を口説いていい立場ではないということを肝に銘じておかなくては。

〝不適切〟というと、古めかしい言葉で笑ってしまうが、今の自分の気持ちを表現するには最適の言葉だ。ぼくはレイチェルを口説きたい。彼女に求愛して、彼女をぼくのとりこにさせたい。クレアと出会ったときもこれと同じような気持ちだったか、思い出そうとしてみたが、遠い昔のことで思い出せない。クレアへの愛は深かったし、二人は愛で満たされていた。だが、夫婦として暮らしていくうちに、それは変わっていった。情熱は薄らぎ、最初のころに覚えていた切迫感は親近感へと変化し、それが両者を支えていた。だが、これがレイチェルとだったらどうだろうと、マットはふと思った。レイチェルが相手なら、同じようにはならないのではないか。いや、なりえない。彼女に感じている情熱が、時とともに薄らいでいくとは想像しがたい。

その事実を認めざるを得なくなって、マットは息をのんだ。レイチェルへの愛は、クレアへの愛とはまたまったく違うものになるだろう。それを認めるのは究極の裏切りだという気がする。

7

食事をしているあいだ、レイチェルは何かが水面下でふつふつとわき上がっているように感じていた。マットが何を言ったわけでもないのだが、彼には何か気がかりなことがあるように見えるのだ。彼のふるまいは、どこをとってもいつもとまったく変わらないのに。きっとわたしのほうが、マットのこととなると、どんな小さなことも見逃すまいと過敏になってしまっているのだろう。そう思うと落ち着かなくなり、食後のコーヒーはどうかと彼が訊いてくれたときも、レイチェルは断った。今夜は長居せず、これで終わりにするほうが賢明だ。

二人はまもなくレストランを出て、車を止めてある場所まで歩いていった。フロントガラスに霜が厚く降りていて、マットはレイチェルを助手席に座らせると、解氷スプレーを取り出して霜取りを始めた。レイチェルはコートの中で身をすくめた。もっとも、こんなに寒く感じるのは冷たい夜気のせいではなく、不安に駆られているせいだ。もしかして、マットはわたしの態度が何かおかしいことに気づいているのでは？

「さあ、これでヒーターをつけよう」マットが乗り込んでくるのとともに一陣の冷気が流れ込んできた。レイチェルが身を震わせているのを見て、彼は顔をしかめた。「すっかり凍えているじゃないか！　寒い中に座らせておかないで、エンジンをかけておけばよかった」

その声は本当に申し訳なさそうで、聞いているレイチェルのほうがつらくてたまらなかった。マットが自分を責めることはない。悪いのはわたしのほうなのだ。こんなふうにばかみたいにのぼせ上がっていないで、早く平常の状態に戻さないと。

「大丈夫よ」レイチェルは意を決して陽気を装い、軽い調子で言った。「言っておくけど、わたしは見かけよりずっと強いんだから！」

「ああ、そうだろうね」マットはにっこり笑った。「気晴らしに電話帳を素手で真っ二つに裂いたりするんだろう？」

「ええ、そうよ！」レイチェルは指を曲げ伸ばししてみせて笑った。これでようやく二人のいつもの調子に戻れたと安堵しながら。きっとわたしが状況を深読みしすぎていたのだわと、駐車場から車を出すマットのほうをちらりと見ながら思った。おそらく彼は、今回の新事業が仕事量の増加に見合うものかどうか確認しておきたくて、その長所と短所を比較することに気を取られていたのだ。彼には突然の話だったただろうし、もっとよく検討する時間をあげるべきだったかもしれない。

「ねえ、マット。さっきの提案に不安があるようなら、そう言ってね。みんな、ただでさえ手いっぱいなのに、こういう新サービスを始めるとなると、ますます負担が増えるはずよ」レイチェルは肩をすくめた。「みんなを困らせたくはないもの」

「それはないよ。さっきも意見が一致したとおり、最終的にはかなりの時間の節約になりそうだ。母子の利益になるのは間違いないことだし、いい考えでないはずがない。いや、素直になんの不安もないと言えるよ。すばらしい提案だ」

「そう。それならよかった。そう思ってくれてうれしいわ」

マットが本気で言ってくれているのは間違いなさそうだったので、この件はこれでよしとすることにした。車は町の中心を抜けて郊外へと向かった。レイチェルの家に続く細道に着くと、マットは路肩に車を止め、彼女に向かって言った。

「うるさく思うだろうけど、レイチェル、その膝で今夜は本当に平気かい？　家のあの階段を転げ落ちはしないかと心配だよ」

「大丈夫よ」レイチェルは、マットの顔が見えるように横を向いて言った。心配そうな彼の目に息をのんだが、有頂天にはならないようにした。マットはいつもの彼らしく、親切に思いやってくれているだけよ。レイチェルは宣誓するように片手を上げた。「誓って、よく気をつけて行動すると約束するわ。これで安心した？」

「少しは。でも、今夜はぼくの家に泊まってくれたら、なお安心だ」異議は唱えさせないぞというように、マットは急いで続けた。「先に言っておくけど、きみが泊まるのは迷惑ではないから。むしろその逆だ。そうしてくれると、ありがたい」

「ありがたい？」レイチェルは意味を図りかねて、おうむ返しに言った。

「うん。きみがあの急な階段を落ちることを心配していたら、一睡もできやしない」彼にほほえみかけられ、その優しい笑みにレイチェルの心は瞬時にとろけた。真剣に思ってくれているのでなければ、わたしのことをあんなふうに見たりしないのでは？そう思うと、めまいがした。頭がぼうっとして、話の続きに気持ちを集中させるのが大変だった。

「離れの寝室を使うといい。バスルームつきの部屋だから、夜中にトイレに行きたくなっても階段で苦労しなくてすむ。シャワーコーナーには折りたたみの小さな椅子もあるし、こっちにいたほうが楽だろう？」

「あの……えっと……そうね」少しでも時間を稼ごうと、レイチェルはつぶやいた。たとえ考える時間が二、三時間あったとしても、決めるのが楽にはならないのが困りものだが。安全面が心配なのではない。少なくとも膝に関しては。心配なのは、マットの家で一晩過ごすと思うと、体がほてったり、ぞくぞくしたりすることだ。このほうがずっと危険だ。

「膝を治すには、うちは最適の居場所だよ。のんびりできるから、怪我（けが）を悪化させなくてすむ」マットは身を乗り出し、レイチェルの手を握った。「泊まると言ってくれ、レイチェル。せめて今夜だけでも。頼むよ。ぼくに免じて」


「ベッドのシーツは清潔だし、バスルームには洗いたてのタオルがある。ヘザーがよく友人を泊めていたから、いつも客用の準備があるんだ」

マットは脇に寄り、小ぶりだが機能的なバスルームの中をレイチェルに見せた。中はぴかぴかに磨かれ、黒と白のタイルが照明を受けて輝いている。レイチェルは笑いたいのをこらえながら、うなずいた。

マットはホテルマンよろしく、この部屋のいい点を挙げてみせていて、わたしのほうはゲスト役を演じているみたい。なんて滑稽なのかしら。

レイチェルは寝室に戻り、キルトがかけてあるキングサイズのベッドと、ドレッサー脇にある座り心地のよさそうな椅子を眺めた。すてきな部屋で、気持ちよく眠れそうだが、それにしても、彼の申し出に応じるなんて、どうかしているのでは？　マットの家で寝ることで、困った状況をさらに難しくしているのは間違いない。実際に〝彼と〟寝るのではないにしても。

頬が熱くなってきて、レイチェルは困惑を隠すためにコートを脱ぎにかかった。彼女が苦労しているのを目に留めたらしいマットが、すぐに手を貸しに来た。彼にコートを肩からはずしてもらい、その手が首の横をかすめるのを感じたときには、レイチェルは震えを隠すのがやっとだった。かすかに触れただけなのに、電気が走ったようになって、その手の感触が全身の細胞にまで伝わった気がする。マットが震える息を吸い込むのが聞こえ、彼も同じことを感じたのかと驚いて振り返ったが、向こうはすでに離れていくところだった。

「紅茶でもどう?」マットはコートを衣装だんすにかけながら言った。

「いいわね。いただくわ」

レイチェルは彼が出ていくのを待って、ベッドにへたり込んだ。マットも同じことを感じているかもなどと考えるのをやめないと、今夜はとんでもないことになる。ジャケットのボタンをはずして脱ぎ、キルトの上に置くと、ブラウスの前を撫でつけた。家の中が暖かいうえに、体温調節がうまくいかなくなっていて、体が燃えるように熱い。なんとか平静を保つのよ、何が起ころうとも。

ありとあらゆる可能性が頭の中に押し寄せてきて、レイチェルの体温はまたもや急上昇した。マットが頬におやすみのキスをしてくれるといった害のないものから、抑えの効かない情熱の一夜といった非常識なものまであって、レイチェルはうめき声をあげた。想像力を暴走させている場合ではないのに!

「紅茶が入ったよ」マットに呼ばれて、レイチェルはなんとか立ち上がった。紅茶と、たわいない会話こそ、神経を鎮めるのに必要なものだ。

廊下を進んでいくと、マットがトレイを手にキッチンから出てきた。彼はほほえみ、居間のほうを顎で指した。

「お茶はこっちで飲むほうがいい。そのほうがくつろげる」

マットについていくと、彼はトレイをテーブルに置き、窓のところへ行ってカーテンを引いた。暖炉の火はすでにおこしてあり、薪がぱちぱちと音をたて始めている。レイチェルはふかふかの肘掛け椅子の一つに座り、室内を見まわして、うれしそうにため息をついた。

「本当にすてきなお部屋ね、マット。いつ来ても居心地がいいわ」

「ぼくもここが気に入っていてね」マットは紅茶のカップをレイチェルに渡して、ソファに腰をおろした。「長いこと模様替えをしていない一番の理由はそれかな。このままが好みだけど、いつかは新しいソファを買うしかないな。残念ながら、クッション部分に弾力性がなくなったというか、へたってきているし」

渋面を作る彼に、レイチェルは笑った。「見た目は問題なさそうなのに。でも、そういえばうちのソファも、もう新しいとは言えないわね」

「どうやら、きみはぼく好みの女性だな。きみも家具をしっかり使い込みたいほうなんだね」

マットは笑みを返した。幸い、レイチェルがはっとなったことには気づいていない様子だ。わたしが彼好みの女性であるはずがないわ。そう厳しく自分に言い聞かせた。そんなのはばかげている。紅茶を一口飲んだとき、不意に電話が鳴り、レイチェルは顔を上げた。マットは眉をひそめ、電話に出ようと立ち上がった。

「夜のこんな時間に、いったい誰だろう」

部屋を横切っていって受話器を取るマットをレイチェルは目で追った。こちらに背を向けている彼を見ていると、その背筋のまっすぐで力強い線にいつしか見入っていた。彼は外見も内面も、あらゆる点でしっかりしていて頼りがいがある。どんな災難が降りかかろうと、彼の助けがあれば解決できると人に思わせる、稀有な資質を持ち合わせている。それが彼の総合診療医としての強みの一つであり、レイチェルが強く惹かれる点の一つでもあった。マットはピンチの際に頼れる人で、その期待をけっして裏切らない。ほかの男性をそんなふうに思ったことは、これまで一度もなかった。

「いや、謝らないでください。ご心配の理由はよくわかります、ミセス・モリス。ぼくに任せてくださ い。十分ほどでそちらに行けます」

彼の言葉を聞いて、レイチェルは眉をひそめた。

「どうしたの?」

「プレスコット通りのミセス・モリスからだった。息子の一人が熱を出していて、両脚に奇妙な発疹も あるそうだ」

「オンコール・サービスにはもう電話したのかしら?」レイチェルは尋ねた。

「ああ、一時間以上前のことらしいが、まだ誰も来ないので、ぼくに電話してきた」マットの口調は険しかった。「最近、あの地域で髄膜炎が二件出ているから、ひどく心配するのももっともだ。万一、これが三件目だったらまずい」

「たしかにそうね」レイチェルは同調した。「今からそのお宅へ行くの?」

「ああ。オンコール・サービスが担当すべきなのは承知しているが、問題はそこじゃない。すぐにでもその子を診る必要がある」マットはドア口に向かったが、立ち止まって振り返った。「どれくらいかかるかわからないから、起きて待っていないでくれ、レイチェル。また明日の朝に」

「わかったわ。でも、気をつけてね、マット。今夜は道がとても滑りやすいから。事故に遭わないように」

「大丈夫、細心の注意を払うよ。ぼくたち二人が二人とも、病院をよろよろ歩きまわるわけにはいかないしね」

笑顔を向けたマットは、ほんの一瞬、無防備な表情を見せた。レイチェルは息をのんだが、反応を返す前に彼はくるりと背を向け、それからすぐに玄関のドアが閉まる音が聞こえた。レイチェルがなんとか立ち上がって窓のそばまで行くと、ちょうどマットの車が走り去るところだった。窓ガラスに額をつけて、さっきの彼の表情を思い出してみる。あれはわたしの想像で、わたしがそこに見たのは自分の願望だったのだろうか？　本当かどうか確信はないけれど、わたしを見る彼の目が一瞬、欲望にあふれて見えた。強い欲望に。そのことを思うだけで体が震えてくる。

レイチェルは外の暗闇を見つめ、ため息をついた。たとえマットがわたしになんらかの気持ちを持ってくれているとしても、彼が何か行動を起こすとは思えない。

「幸いなことに、ロビーが髄膜炎ということは九十九パーセントありません」

マットは少年の両親が安堵のため息をつくのを聞いて、同情を覚えた。自分も人の親なので、どんなに心配だったことか、その気持ちは理解できる。気がかりな点はほかにもあって対処が必要だったが、さしあたり考えないようにして両親にほほえみかけた。

「ロビーにはたしかに発熱と発疹の症状がありますが、ほかに髄膜炎を示す症状はいっさいありません。首の凝りもないし、羞明(しゅうめい)――光をいやがることですが、その兆候もなく、頭痛も吐き気もない」

マットは、家を出る前のできごとへのさまざまな思いを頭から締め出そうとしながら、ロビーの脚の斑点にグラスを押しつけた。ぼくは、レイチェルに感じた欲望にのまれてしまいそうになっていた。ああして急いで家を出なければ、その欲望を満たすという大変なことをしてしまっていただろう。そう考えるだけで心臓が早鐘を打つ。

「見てわかるように、この発疹はグラスを押しつけると消えます。髄膜炎の発疹では、こうはなりません」

「では、何かのウイルスだとお考えですか?」父親が尋ねた。

「可能性はあります」もう少し探りを入れたほうがいい気がして、マットはロビーに声をかけた。「ほかにも何かあれば教えてくれないかな、ロビー? 何かまだご両親に話していないできごとはなかったかい?」

ロビーが唇を嚙み、ひどくきまり悪そうにしていることからすると、マットの勘は当たっていたらしい。

マットはベッドの端に座り、きっぱりと言った。「ロビー、何かばかなことをしでかしたんだとしても、誰もきみを叱ったりしないよ。きみがどうしてこんな病気になったのか、原因を突き止めたいだけなんだ」

「ねずみだよ」ロビーはつぶやいて、警戒の目で両親をちらりと見やった。

「ペットのねずみ?」マットは首を振りながら言った。ミセス・モリスが何か言おうと口を開けたからだ。今ここで邪魔が入ってほしくない。せっかくロビーがここまで話してくれたのだから。

「違う。川のそばにいた、ただのねずみ。この前そこで友達と遊んでて、そのねずみの巣を見つけたんだ。傷つける気はなかったよ」ロビーは急いで言った。「ただ、ちょっと見てみたかった。棒を持ってきて少しつついたら、一匹がぼくのくるぶしに嚙みついた。ここだよ。ほら」

「ひどいな」ロビーがソックスを下げて、くるぶしを見せると、マットは言った。嚙み傷の周囲が腫れ上がり、感染が起こっているのがわかる。「鼠径部のリンパ節が腫れているのは、間違いなくこれが原因だ。感染が全身に広がっている。ずっと具合が悪かったのも無理はない」

「でも、ねずみはペストを媒介するでしょう、ドクター?」ミセス・モリスがおびえた様子で口をはさんだ。「数カ月前にテレビの番組で、ペストはイギリスにねずみがはびこったせいで始まったと言っていたわ!」

「通常は、ねずみに寄生する蚤(のみ)が人を噛んで、ペストを伝染させますが」マットは辛抱強く説明した。「幸い、わが国ではもうペストの危険はありませんが、ねずみが媒介しうる病気はほかにもあります。だから、ねずみに噛まれたら、必ず早急に病院にかかるべきです」マットはロビーに目をやった。「どうやらロビーは鼠咬症(そこうしょう)なので、抗生物質で治せるからよかった。だがロビー、もうねずみの巣をつつきまわしたりしないように。今後はそばにも寄らないことだ」

「そうする」

ロビーはひどくしょげた様子で横になった。マットはロビーにアレルギーがないことを確認してから、ペニシリンの処方箋を書いた。それを両親に渡すとともに、たまたまかばんにあったペニシリンの分包もいくつか渡した。これでロビーは、朝になって処方を受けるまで待たずに投薬治療を開始することができる。

「ありがとう、ドクター・トンプソン」ミセス・モリスが喜んで言った。「ここまで来てくださったことにも感謝しますわ。本当にありがたいことよね、あなた?」

「本当に助かりました」ミスター・モリスも言った。

「こちらこそ、長くお待たせして、すみませんでした」見送りに出てきた二人にマットは言った。「今夜どんな手違いがあったにしろ、オンコール・サービスに連絡を取って、またこういうことがないようにします」

「うちから電話して、往診はもう必要ないと知らせるべきでしょうか？」ミスター・モリスが尋ねた。

マットは首を振った。「必要ありません。ぼくが知らせます」

マットは外に出て車に向かいながら、オンコール・サービスに電話をかけた。モリス家への往診はもう必要ないと説明してから、誰かを向かわせるのがこんなにも遅れている理由を尋ねた。要請の電話が重なったのとスタッフ不足のせいだと淀みなく告げられて、ため息をつく。うちの患者が受けられて当然のサービスを受けられない場合があるとは考えたくない。

家に向けて車を走らせ、町はずれまでは順調だったが、そこからは舗装道路に霜が厚く降りていて、減速するしかなかった。先刻レイチェルにも言ったとおり、怪我人が二人もいては病院がまわらない。と、レイチェルのことを考えたとたん、いっきに感情があふれ出した。家に着いたら彼女に会いに行きたくてたまらないが、こらえるしかない。とにかく今は、彼女のそばにいる自信がない。ばかなことをしでかしてしまいそうで。とはいえ、何か不足がないか確かめるだけなら平気かもしれない。それなら一瞬ですむし、やることをすませて自分の寝室に下がればいい。

玄関の前に車を止めながら、マットは顔をしかめた。ぼくは彼女に会う言い訳を探しているだけだ。だが、それを認めてもなお、自分を踏みとどまらせることはできなかった。マットはまっすぐ離れに向かい、ドアの外で立ち止まって気持ちを落ち着かせた。口説こうとしているとレイチェルに思われることだけは避けたかった。

8

レイチェルがベッド脇の電気スタンドを消そうとしたとき、マットの車が私道に入ってくる音が聞こえた。どうしたものか、レイチェルは迷った。起きて待っていなくていいと言われたものの、出ていって、ことの次第を聞きたかった。玄関のドアが開く音が聞こえ、ため息をつく。患者がどうなったか知りたいのは確かだとしても、彼に会いたい本当の理由はそれではないでしょう？

スイッチに手を伸ばしたが、スタンドを消す前にドアをノックする音がした。レイチェルは身を硬くした。ついさっきまで会いたくてたまらなかったのに、今から彼に会うと思うと、にわかに体がほてったり、ぞくぞくしたりしてくる。こんな精神状態で、どうやって会話ができるというの？

「レイチェル、起きているかい？」マットの声がドア越しに静かに響き、答えるしかないとわかった。スタンドの光が車から見えたに違いなく、返事がなければ変に思われるだろう。

「ええ、起きているわよ」かすれ声で答えてから、その声がひどく緊張していることに気づいて、レイチェルはうめいた。この調子だと、何かおかしいとすぐに勘づかれてしまう。「どうぞ」しっかりした口調で言った。

「部屋の明かりがまだついているのが見えたから」マットは部屋に入ってくると言った。「足りないものがないか確認したほうがいいと思ってね」

「大丈夫よ、ありがとう」レイチェルは笑顔で答えながら、自分の緊張ぶりをマットに気づかれないように祈った。これはわたしにとって、まったく未知の領域だ。なにしろ、彼を寝室に招くのは初めてのことだから。

　また緊張が襲ってきたが、幸い、こちらのぎこちなさには気づかれていないようだ。マットは窓のところへ行くと、カーテンをしっかり閉めた。「すきま風がいっさい入らないようにしたほうがいい。外は身を切る寒さだ。氷点下になっても驚かないよ」

「ここ数日、気温が下がり続けているものね」レイチェルは相槌を打ったが、天気の状況などどうでもよかった。マットが出かける前のあの瞬間のことをずっと思い返していたが、それでもまだ、彼に求められていたと思っていいのか決めかねているし、わからないゆえの不安というのが最悪だった。彼の気持ちがわかれば、こちらの出方もわかりそうなのに。

　そう考えて、どきりとし、急いで言葉を続けた。

「それで、どうだったの？　また髄膜炎だった？」

「いや、ありがたいことに違った」マットがベッドのそばへやってきた。「ロビー少年は、ねずみに噛まれたことによる鼠咬症だとわかった。抗生物質を一定期間服用すれば、ほどなく治るだろう」

「まあ、それはよかった。ご両親は胸を撫でおろしたでしょうね」

「うん、ほっとしていたよ。ただ、不安なままあんなに往診を待たせてしまったのが申し訳なくてね」

「オンコール・サービスに電話して、遅れの理由を尋ねたの？」

「ああ。どうやら要請の電話が多かっただけらしい。それに、病欠のスタッフが何人かいた」

「きっと、例のいまいましい胃腸炎ね」レイチェルは悔しそうに言い、マットもうなずいた。

「そうだとは思うが、だからといって、本当にそれですむわけではないだろう？　助けが来るまで患者がそんなに待たされるのはおかしい。オンコール・サービスとの契約を結ぶ前、その利用にぼくはどうしても不安があったが、今回のことでぼくの疑念が正しかったことになる」

「でも、これまで一度も問題なかったわ」レイチェルは反論した。

「だとしても、それが言い訳にはならない。うちの患者は、信頼に足るサービスの提供を三百六十五日受ける権利があるし、それを保証するのはぼくの責任だ」

「そんなばかな！　とりわけ忙しい夜にたまたまあちらのスタッフが足りないからって、あなたのせいじゃないわ」彼が納得していないのがわかったので、なんとしてもわかってもらおうと、レイチェルは身を乗り出した。「今夜あったことで、あなたが自分を責めるのは筋違いよ」

「ああ。だが、今後は状況にもっと目を光らせておくつもりだ」マットは肩をすくめた。「今回の患者が新たな髄膜炎でなかったのは、運がよかっただけだしね」

マットは顔をそむけたが、その手をレイチェルはつかんだ。「今夜トラブルがあったからって、それだけでまた同じことになるとは言えないわ」反論しながら、腕を這(は)い上ってくるぞくぞくするような感覚を無視しようとした。マットの手の大きさと温かさが伝わってきて、放すべきだとわかっていても放したくなかった。「あのサービスは信頼できるし、信用しなければ仕事をこなしていけないわ」

「おおせのとおりに！」マットは如才なく言った。握られていた手をそっと抜くと、大げさに指を曲げ伸ばしして、レイチェルを笑わせた。

「手がつぶれたと言って罪悪感をあおろうとしているなら、無駄よ。痛くできるはずがないじゃない。だって、わたしのと比べて、あなたの手の大きさを見てよ」

レイチェルが手のひらを上にしてキルトに手を置

くと、そこにマットが手を重ねてきて、彼女をどきりとさせた。彼の手のほうがずっと大きくて、レイチェルの手をすっぽり包み込んでいる。自分のなめらかな手に、彼のざらついた手のひらと力強い指が感じられ、レイチェルは身震いした。男性にこんなふうに触れられたのはずいぶん前のことで、こんなふうに触れ合いたいと思うのも久しぶりだった。

目を上げて彼の顔を見て、そこに浮かんでいる表情に息をのんだ。異性として意識されているのはわかりすぎるほどわかるのだが、何かほかの思いも混じっていて、それが体を熱くする。不意にレイチェルは、あのときのことは自分の想像ではなかったのだと確信した。あのときマットはわたしを求めていたし、今も求めている。男性が女性に求めることのできる、あらゆる意味において。そのあかしをようやく目にしたことで、間違いを犯さないようにとレイチェルが今まで自分のまわりに築いてきたバリアが崩れた。

レイチェルが彼のほうへ顔を寄せようとすると、マットもすでに顔を寄せてきていたため、二人は途中で出会った。唇が合わさると、レイチェルは熱に包まれるのを感じてあえぎ、彼もあえぐのが聞こえた。キスはほんの一瞬だったはずだが、二人が離れたとき、レイチェルは震えていて、相手も震えているのがわかった。こうなったのは、どちらにとっても思いがけないことだったとしても、どちらもが切実に望んでいたことだった。

マットはじっとこちらを見つめている。その視線が彼女の顔をたどって唇にとどまった。「やめてほしかったら、そう言ってくれるだけでいい」しゃがれた声が、静まり返った部屋に響いた。

レイチェルは急いで小さく息を吸ったが、出てきた自分の声も同じようにかすれていた。「でも、やめてほしくないわ。本当よ」

言い終える前に彼の手が伸びてきていたが、かまわなかった。マットがベッドに座って彼女を抱き寄せようとしたときには、自ら身を寄せ、柔らかな曲線を描く体を、固い輪郭を描く彼の体にぴったり添わせた。マットは彼女を強く抱きしめながら、目や鼻や顎の線に熱いキスの雨を降らせていく。再び唇を求められるころには、レイチェルは高まった欲望で頭がくらくらするほどになっていた。

渇望を隠そうともせず、彼にしがみついてキスを返す。わたしはこれを求めていたのよ。マットにキスをされたかった。抱きしめられたかった。彼と体を重ねたい。借りて着ているパジャマのボタンに彼の手がかかると、レイチェルも手伝ってボタンを全部はずした。開いた上衣の縁にマットが手をかけながら、震える息を吸い込むのが聞こえた。上衣をはだけさせながら、彼が必死で自分を抑えているのがわかり、レイチェルは身震いした。マットがここまでわたしを求めてくれるなんて、望めるはずもないと思っていた。

「きれいだ、レイチェル。本当に、すばらしくきれいだよ」

マットは崇めるように言いながら、彼女の豊かな胸のふくらみをじっと眺めた。彼の手が伸びてきて、そのふくらみを手のひらでそっと包むと、レイチェルは目を閉じ、全身にあふれてくる快感に身を任せた。男性経験はあるが、こんなふうに情熱に満たされ、欲求に圧倒される感覚は、一度もなかったことだ。マットと情熱を交わすことは、わたしがこれまで経験したどんなこととも、まるで違っている。

胸を繰り返し愛撫されて、ついにレイチェルは、体内で高まってくる欲望をそれ以上こらえていられなくなった。マットが胸に顔を寄せて、その先端に唇をつけると、声をあげた。彼は身を引き、真剣な目でレイチェルの顔を探ったが、そこに見たもので確信を得たらしく、再び顔を寄せて、もう一方の胸にキスをし、硬くなった先端を口に含んで吸った。

全身にほとばしる欲望に、レイチェルはあえいだ。マットの髪に指を差し入れて頭を自分に押しつけ、胸に愛撫をたっぷり受けてから、彼が唇を下へ滑らせていくと、すすり泣きをもらした。脇腹にキスを受け、小さく噛むようなキスをそのまわりに浴びせられて、レイチェルは耐えがたい喜びに何度も身をよじらせた。次に彼の舌がおへそを見つけて、そこをなぞると、レイチェルはうめき声をあげた。こんなふうに感じさせられたら、どうしようもないわ。

マットの唇は今来た道を引き返しながら、あちらこちらで止まってはまたキスを浴びせていく。レイチェルはほとんど何も考えられなくなった。マットが身を引いて立ち上がったとき、抗議のつぶやきをもらすことしかできなかったが、彼は首を振った。

「どこにも行かないよ、レイチェル。きみがそうしろと言わないかぎりは」

「行ってほしくないわ」かすれ声で言った。

「ならいい」マットは唇にすばらしくセクシーなキスをもう一度よこすと、彼女のパジャマのズボンを脱がせ、自分の服も脱いだ。彼の高ぶった体のたくましさと美しさにレイチェルが驚嘆しているうちに、マットは隣に横たわって彼女を腕に抱いた。強く抱きしめられて、彼の高まりが体に押しつけられるのがわかった。

「まだ、やめてと言っていいんだよ、レイチェル」

マットはささやいた。温かく甘い息がレイチェルの頬にかかる。「こうするのをきみが望まないなら、今すぐやめてかまわない」

「でも、望んでいるの」レイチェルは思いが間違いなく伝わるように、彼の目をのぞき込んで言った。

「もうそれは伝えたわ、マット。本心よ」

「ぼくも望んでいるよ」

欲求にうずくような彼の声に、レイチェルは渇望を聞き取って身震いした。腕を広げると自分から彼を抱きしめ、彼が一息で中に入ってくると、欲望で全身が満たされるのを感じた。二人は思いの丈をぶつけ合いながら必死に情熱を交わし、そのあと二度目に体を重ねたときには、束縛を解かれたことへの純粋な喜びに、どちらの目にも涙が浮かんだ。

こういう親密さを誰かと分かち合ったのはこれが初めてで、ほかの人とではこうはいかないだろうとレイチェルは痛感していた。マットが相手のときだけ、安心して自分をあますことなく与えられるし、抑制をかなぐり捨てて自分の感情に素直になれる。マットへの信頼感がその違いを生んでいるのだ。人生で初めて、この人となら安全で安心だと思えた。わたしは求められているのだと。ただし、この体験を完璧なものにしてくれるであろう一つの言葉を使うことは避けた。マットの本心がわかるまでは、わたしは愛されているとうそぶくわけにはいかない。

闇がしだいに薄れて夜明けが忍び寄り、朝がゆっくり訪れた。マットはもう目覚めていた、というより、ずっと起きていた。気が高ぶりすぎて寝つけず、隣で寝ているレイチェルの寝息を聞きながら夜を過ごしたのだ。今、彼女の繊細で美しい横顔をつぶさに見ながら、マットは疑念に襲われていた。彼女とベッドをともにしたのは間違いだったのでは？

昨夜は狂喜めいたものにとらわれて、彼女と体を重ねることでしか得られない解放を体が強く求めていた。考える時間が持てた今は、パニックに陥っている。渇望は満たせたかもしれないが、その代償はなんだ？　レイチェルを傷つけたりしたら、とても自分を許せないだろうに、容易に傷つけてしまいそうなのがわかる。そもそも、自分に何が差し出せるというんだ？　情熱の一夜では充分でないとしても、ほかに差し出せるものは何もない。今はまだ。

マットはさまざまな感情が胸にわき上がってくるのを覚えながら、仰向けになった。罪悪感と喜び、悲しみと高揚感が入り混じって、自分の本当の気持ちがよくわからない。別の女性を抱くことで、ぼくはクレアの思い出を裏切ったのか？

罪悪感に圧倒されながらも、頭はその考えをはねつけようとしていた。やましく思うことは何もない、そろそろ前へ踏み出して、過去ではなく今に生きるときだと主張している。だが、問題はそれだけではないだろう？　娘のことがある。ヘザーが知ったら、どう思うだろう？　ぼくが別の女性と関係を持ち、しかもそれがロスの母親となれば、動揺するだろうか？　ヘザーがレイチェルを好いているのは知っているが、肝心なのはそこではない。ぼくがレイチェルと関係を持ったことで、娘にとっては事態がさらに複雑になったかもしれない。そう思うと、なおさら気持ちが沈んだ。

「やめて」

不意にレイチェルが口を開いたので、マットはびくりとした。横向きになると、彼女の悲しげな表情が見えて、マットは内面に渦巻く感情がまたもや揺れ動くのを感じた。レイチェルは察しているのだ。自分たちのしたことに対して、ぼくが疑念を抱いていると。こんなふうに彼女を傷つけているなんて、つらくてたまらない。

「すまない」マットは優しく謝るようにレイチェルの頬を指先でそっと撫でたが、その肌がすばらしく柔らかなことに今初めて気づいたかのように、みぞおちから震えが走るのを感じた。この美しい体をあまさず愛でたのはほんの数時間前のことなのに、こうして触れてみると、今初めて触れたみたいに感じられる。マットは息をのんだ。これでは真実を認めざるを得ない。二人の行為は間違いだったのではないかと思いながらも、ぼくは今なお彼女を求めている。そこは変わっていない。

「わたしたちは何も間違ったことはしていないわ、マット」レイチェルは彼の目を見据えて静かに言った。「お互い決まった相手はいないのだから、ゆうべのことで自分を責めるのはやめて。すんだことだし、あとはきれいに忘れてしまっていいんだから」

きみはそうしたいと思っているのか？　マットはとまどい、失望に胸を締めつけられる思いだった。二人が分かち合ったものを、それがどんなにすばらしいものだったかを、忘れてしまいたいと？　レイチェルの顔を探ってみたが、彼女は本気でそう言ったのではないと思わせるものは何も見当たらなかった。レイチェルは今回のことを忘れたいと思っているのだ。ぼくにできるかどうかは怪しいが、彼女がそう望んでいるのであれば、せめて忘れる努力をしなくては。

「きみがそうしたいのなら、それでかまわないよ」そう応じるのがいかにつらいかを認めたくなくて、マットはこともなげに言った。いい方向に向かうかどうかは確信がないものの、昨夜のことはぼくの人生におけるターニングポイントだった。だが、どうやら彼女にはそうではなかったらしい。

痛みが胸を貫いた。このままここにいると気持ちを見透かされてしまいそうなので、キルトをはねのけた。「シャワーを浴びてきたほうがよさそうだ。十分後に朝食にしよう。いいかい？」

「いいわ」

レイチェルはさっとほほえんだが、マットはとどまらずにおいた。昨夜のことは一度かぎりで二度目はないと、彼女がはっきりそう言ったのだから、ぐずぐずする理由はない。その思いが頭上を漂う黒雲のように、自分の部屋に戻るまで頭を離れず、シャワーのあいだも居座り続けた。拒絶されたという思いを振り払うには時間がかかりそうだとわかり、わが身の愚かさを呪う。

十代の若者でもあるまいに、まったく！　ぼくは大人の男で、結婚前にも女性と関係を持った経験がある。クレアと死別して以降はたしかにないが、独身でいたのは自ら選んだことで、レイチェルとベッドをともにしたのも自分の選択だ。あとは彼女の要望どおり、忘れなければ。そう難しくはないはずだ。情熱の一夜がもとで、人生がすっかり変わったりはしないだろう。この何年か誰とも関係を持たなかったせいで、今回のことが重大な節目のように感じられたのだろうが、これが最後でもないはずだ。最初の一歩はこれで踏み出せたのだから、次はもっと簡単だろう。

マットはキッチンに行ってケトルの電源を入れながら、レイチェルを求めたようにほかの女性を求めるなど想像もできないという思いを頭から締め出そうとした。そんなのはばかげている。まったくナンセンスだ。まさか、レイチェルを愛しているというわけではないだろう？

9

それからの一週間は、レイチェルの人生のうちで最も長い一週間だった。マットはいつ話をしても変わりなく愛想がよかったが、あの夜のできごとにはけっして触れなかった。マットとベッドをともにしたことをわたしは後悔していないけれど、そのせいで彼にひどくつらい思いをさせたことについては悔やんでいる。次の朝の彼がどんなに取り乱した様子だったか、その記憶はいつまでも消えることがないだろう。

あのことが原因で二人にストレスがかかるのをなるべく減らそうと、レイチェルはマットと二人きりになるのを努めて避けた。幸い、膝の怪我のほうは癒えて、ときおりずきんと痛む以外はほぼ問題ない。レイチェルは仕事に専念し、ほかのことに割く時間がないほど働いた。少なくとも、仕事をしているあいだはマットのことを考えずにすんだ。

その月曜は、午後にチーム会議が予定されていた。会議は毎週でも開きたいところなのだが、仕事がつまっていて実施できないときもある。だが、今日はマットがどうしても時間を取りたいと言うので、レイチェルは昼食を終えるとすぐにスタッフルームに向かった。ロスはもう来ていて、准看護師のジェンマ・クレイヴンの隣に座っている。もう一人の看護師のパム・ホワイトサイドは、受付係のキャロル・ウォルターズとベヴァリー・ハンフリーズの二人と一緒に、数秒後に現れた。

「ダイアンを電話番に残してきたわ」キャロルが急いでレイチェルのところにやってきて言った。「午前中はてんてこ舞いだったから、誰かが残って電話対応しないと、みんなが右往左往しそうで。あとでわたしが交代するから、それでいいかしら？」

「いいと思うわ」レイチェルがそう言ったとき、非常勤医のフレイザー・ケネディがやってきたので、そちらに目を向けた。

「ぼくは午後からオンコール担当だから、長くはいられないんだ。ハンナがいなくてもよければ、一緒に連れていこうと思ったんだが」フレイザーは、総合診療医の新人研修中のハンナ・ジェフリーズの名前を挙げて言った。「彼女はまだ往診に出たことがないから、いい経験になるだろう」

「それはいい」誰かが背後で言い、そのよく響く太い声の持ち主はマットだと気づいて、レイチェルはどきりとした。

急いで席に着き、なんとか落ち着こうとした。冷静にならなければ、何かおかしいとすぐに周囲に気づかれてしまう。何があったかが病院内で周知のことになると思ったとたんに気持ちがしゃんとして、マットが会議を始めるまでには、レイチェルはさっきより落ち着いていた。

「みんな午後も忙しいのはわかっているから、手短に話そう」マットはみんなに目をやりながら言った。

彼の視線がこちらをかすめて次へと進んでいき、レイチェルはその無関心ぶりが腹立たしいのかありがたいのか、自分でもわからなかった。こちらは罪悪感に苦しんできたのに、マットのほうはあのできごとを忘れてしまっているようだ。

「フレイザーの前にここで勤務していた非常勤医がいろいろな検査の実施を指示していなかったことが判明した」マットは単刀直入に告げた。「つまり、相当数の患者にもう一度受診してもらう必要があるということだ」

スタッフたちは愕然として顔を見合わせ、どよめきが部屋じゅうに広がった。こんな状況は前代未聞だった。

「まさかそんな！」みんなの狼狽を声にして、レイチェルは叫んだ。

「残念だが事実だ」

今度はマットの視線がまっすぐレイチェルに向けられ、そのままそこにとどまった。彼の目に何かの感情が揺らめくのを見て、レイチェルは熱いものが全身に広がっていくのを覚えた。マットは見かけほどにはわたしに無関心ではないのでは？　そう思うと動揺が走り、彼の話の続きに集中するには意志の力を要した。

「ロスとジェンマが週末にファイルを精査し、フォローアップが必要なケースを抜き出してくれた。今朝ぼくも目を通したが、見たところ、患者に早急に再受診に来てもらうことがどうしても必要だ」

「その検査というのは、どういう検査のこと？」レイチェルは尋ねた。ほかのことに気を取られている場合ではない。マットが二人の行為を後悔していることを知りながら日々やっていくだけでも大変だったのに、彼は考えを変えたのだと思ったりしたら、とても制御できなくなる。

「あらゆる検査だ」ロスが答えた。「ある患者は乳腺線維腺腫と診断されたのに、乳癌の可能性を除外するためのマンモグラフィー検査を受けるようには言われなかった。ほかには狭心症の患者に血液検査の指示がなかった。この患者の狭心症に貧血が関係していたり、あるいは甲状腺ホルモンの過剰分泌がからんでいたりしても、知りようがない」

「だけど、そんなのは許されないことだ！」フレイザーが怒りを爆発させた。「そういう検査は決まりきった手順なのに、いったいなぜそいつはきちんと指示しなかったんだ？」

「おそらく書類仕事を全うするのがわずらわしかったからだろう」マットの口調は手厳しかった。「彼と勤務したことがあれば、きっと覚えているだろうが、彼はいつも、自分はほかの誰より迅速に診察をこなせると自慢していた。仕事を半分しかしていなかったのだから、それもそのはずだ」

ちょうどそのとき、ダイアンがドア口から顔をのぞかせ、受付にロスあての電話が入っていると伝えたので、ロスは席を立った。フレイザーが、自分とハンナも行かなければと言い、続いて出ていった。

マットは残りのメンバーに、再受診の件にどう対処するつもりかはまた全員に知らせると告げ、会議はお開きになったが、レイチェルだけはあとに残った。マットがこの事態をいかに憂えているかがわかるので、彼一人に問題の処理を任せる気になれなかったのだ。

「再受診の依頼が必要な患者の人数はわかっているの？」マットに尋ねた。

「さしあたり四十人弱だが、もれがないよう、念のためぼくがカルテをもう一度さらうつもりだ」

「本当にその必要がある？」レイチェルは訴えた。「ロスとジェンマがファイルを調べたのなら、一人でも見落とすとは思えないわ」

「おそらく必要ないが、この病院にカルテのある患者の最終的な責任者はぼくだから、再受診を要する全員に確実に受診してもらうようにするのはぼくの仕事だ」

レイチェルはため息をついた。「前にも言ったけど、マット、ここで起こること全部の責任を一人で引き受けるのは不可能よ。みんなが心苦しいし、あなたにとっても重荷のはずだわ」

「そうかもしれないが、まずいことになったら最終責任はぼくにあるという事実は変わらない」マットは肩をすくめた。「いずれにしろ、この仕事は自分でするほうがいいんだ。そうすれば、人の仕事が期待どおりでなくてもがっかりせずにすむ」

「わたしも以前はそう考えがちで、がっかりさせられることを恐れてばかりいたわ。でも、ときにはリスクを取って人を信用しないと」声に懇願がにじむのが自分でわかる。病院の運営の話をしながらも、今のやりとりは仕事以外のことにも当てはまるのではないかと感じていた。マットが私生活でもリスクを冒す気になったら、彼の人生はまるで違うものになりえるのにと思うと、悲しくなる。

でも、たとえ彼がリスクを冒しても、わたしが彼の人生の一部になることはおそらくないだろう。そう気づくと、もう耐えられなかった。レイチェルは喪失感がこみ上げるのを覚えながら、彼に断って場を辞した。あの日、マットと一夜をともにして以来、わたしはより多くを願うようになった。昼も夜も、彼ともっと一緒にいたいと。本音を言えば、何週間でも、何年でも、マットにそばにいてほしい。そう考えて目に涙があふれてくるのは、そんなことは起こりそうにないからだ。マットはわたしとベッドをともにするのを楽しんだかもしれないが、生涯にわたって続く役割をわたしに果たしてほしいとは思っていないのだ。あの一夜のことをどう見ても後悔しているのだから、そんなことを望むはずがない。

レイチェルは診察室に戻り、今にも自分をのみ込んでしまいそうな感情の波を抑え込んだ。泣くものですか。今ここでは。この病院では、わたしには果たすべき役割がある。自分の持てるかぎりの力をその役割に尽くす。わたしはぼろぼろに傷ついた心をかかえた女性ではなく、患者から信頼される医者なのだから。

その思いは心の支えであり、生きる目的を与えてくれるものであったが、もはやそこに以前ほどの満足感はなくなっていた。人を愛することの心地よさを知った今、わたしはその先を望んでいる。でも、そうならない運命ならば、運命を受け入れるしかない。マットが愛を返してくれるように仕向けたりできるはずもないし、やってみる気もない。愛とは誠実なものであるべきで、押しつけたり強要したりするのでは意味がない。

マットもそのことは理解しているはずだ。亡くした奥さんを愛してきたのだから。いつかはマットも前に進めるときが来るだろうが、彼が心を捧げる相手は、このレイチェル・マッケンジーではないだろう。そのご褒美を受け取るのは、わたしではない誰かだ。

午後のあいだじゅう、あの黒雲にまたもや頭上を覆われているのをマットは感じていた。一つには、自分のまわりで何もかもが崩れていくような気がするからだが、大部分は、近ごろレイチェルにひどく距離を置かれているせいだ。今日の昼も、例の問題をじっくり検討するのを手伝ってくれるかと思ったら、言い訳をして行ってしまった。二人の情熱の夜を忘れると彼女は心に決めているし、ぼくもそうできたらいいのにと思う。実際、やってもみた。あげくにわかったのは、それがいかに無駄な努力だったかということだ。彼女のそばにいるだけで、体が即座に反応してしまう。あの日と同じように！

マットは小声で悪態をつきながら、照明がすべて消えているのを確かめて施錠した。車に乗り込むと自宅に向かったが、道が非常に混んでいて時間がかかった。クリスマスまで一週間を切り、店が遅くまで営業するようになっているせいで、ここまで交通量が増えているのだ。ようやく町の中心まで来ると、交差点で信号待ちの列の後ろにつけ、少しずつ前進して、前にはあと一台だけというところまで来た。

また信号が変わり、前の車が動き出した。交差点を半分まで進んだとき、脇道から出てきたバンが赤信号を無視して突っ込んできた。バンは前の車に激突、車は回転しながら道路を横切り、街灯の柱にめり込んで止まった。バンは止まらずに疾走し続け、立体駐車場に入ろうと並んでいた車数台の側面を削りながら、道路を走り去った。

当然、そのあとは大混乱だった。損傷の具合を確かめようと車から人々が飛び出てきて、交通渋滞が起こった。マットは自分のことは後まわしにして車を飛び出すと、道路の向こうの、最初の車が行き着いた場所へ駆けつけた。車内には若い女性が二人いて、どちらも負傷しているのが一目でわかる。すると突然、中年の男性が彼を押しのけて助手席側のドアをこじ開け、どうやら手前の女性を運び出すつもりのようなので、マットはあわてて割って入った。

「動かさないで!」強い口調で言い、肘を使って男性を脇に押しやった。かがみ込んで女性の脈を確かめ、かなり速いが、心配なほど弱くはないとわかって、ほっとする。左耳のすぐ上の側頭部にひどい切り傷があり、これはサイドガラスが割れたときのものと思われた。ショック状態で混乱している様子だが、それ以外はさほどひどい怪我があるようには見えない。だが、自分が経験から学んだことの一つに、何ごとも見た目どおりに受け取ってはならないというのがある。マットは中年男性に向かって言った。

「ぼくは医者です。彼女の怪我はそうひどくないと思うが、動かしても大丈夫だと確信できるまでは動かしたくない。ぼくが運転手のほうを診るあいだ、あなたはここに立って、誰かが彼女を動かそうとしたら止めてくれませんか?」

男性は、信用できずにいる様子だった。マットの指示に従いたくなさそうだったが、そのとき、人混みの中にいた女性がにわかに声を張り上げた。「ドクター・トンプソンの言うとおりにして、アルフ。彼は専門家だから、指示されるまで彼女を動かすんじゃないわよ」

マットは内心で彼女に感謝しつつ、急いで車をまわり込んで運転手の様子を見に行った。運転していたのは十代の女性で、かろうじて免許が取れる年齢にしか見えない。運転席側のドアはひしゃげて開かなかったが、そばにいた人に手伝ってもらい、ハッチバックをなんとかこじ開けて、そこから車に入り込んだ。運転席が真っ二つになり、上半分が後部座席にのしかかっていて、動けるスペースはあまりなかった。

マットはじりじり前進して、行けるところまで行くと、指先を女性の頸動脈（けいどうみやく）に当てた。最初は脈が感じられず、気持ちが沈んだ。再度試みてようやく、ごくかすかな震えが指先に伝わってきた。生きてはいるが、見たところ、かろうじてという状態だ。

「マット？」

聞き覚えのある声に呼ばれて振り返ると、開いたハッチバックからレイチェルがのぞき込んでいるのが見え、彼の心は浮き立った。「いいところに来てくれた！　手伝ってもらえるとありがたい」彼女に会えてどんなにうれしいかを押し隠しながら言った。レイチェルは結婚を考えていないと率直に認めていたし、その意思をはっきり裏づけたのが、二人で過ごしたあの夜だ。あのできごとが彼女にとって少しでも意味のあることだったなら、こんなふうにあっさり忘れてしまうことはできないだろう。

くよくよ考えているときでも場所でもなかったので、マットはその思いを心の奥に押しやった。身を乗り出して女性の怪我の程度を見極めようとしたが、あまりよくは見えなかった。車のボンネットがつぶれたときに両脚をはさまれたようだが、どこまで深刻な怪我かは判断しようがない。

「くそっ！」マットは悪態をつき、車から出ようと慎重に後ろに下がった。車は古く、バンにぶつかられてはひとたまりもなかっただろう。金属の大きな塊がいくつも車内に突き出し、出入りの際に非常に危険なことがわかった。マットはようやく無傷で外に出ると、街灯の光を受けたレイチェルがいかにきれいに見えるかを意識しないようにしながら、彼女に向かって言った。

「生きてはいるが、わかるのはそれくらいだ。そばまで行けなくて、怪我の程度が判断できない。だが、脈がとても弱っている。推測ではあるが、内出血を起こしていると思う」

「わたしならもっとよく見えるかもしれないわ」レイチェルが提案した。「あなたより体が小さいから、車のもっと奥までもぐり込めるはずよ」

「やってみる価値はある」マットも賛成した。「だが、気をつけて。あちこちから金属の大きな塊が突き出しているから。怪我はしないでくれ」

「わかったわ」レイチェルはコートを脱いでマットに渡した。「脱いだほうが動きやすいし、患者を診たあとで体をくるんであげるのに使えるわ。今夜は凍える寒さだし、保温が必要だもの」

レイチェルが車に入り込むと、マットは思わず息をつめ、彼女が運転席と助手席のすきまから身を乗り出すのを見守った。前車軸の一部が壊れて車床を突き抜けていて、とがった金属片がそこらじゅうにある。

「気をつけて!」マットは声をかけた。「手を置く場所に注意するんだ」

レイチェルは黙ってうなずくにとどめ、苦心してじりじり前に進み、女性の下半身に近づいていった。マットはレイチェルの形のいいヒップがじらすように揺れるのをちらりと見て、すぐに目をそらした。そして助手席側にまわり、もう一人の負傷者の様子を見に行った。ショックは少しおさまった様子で、マットはほっとしたが、彼女がシートベルトをはずそうとするので、片手で制した。

「動こうとする前に、全身の状態を確認させてくれるかな。これ以上悪化させるとよくないから」

「あのバンの運転手のせいよ、ケイティは悪くないわ」女性は声を震わせて言った。「赤信号なのに、突っ込んできたのよ……」運転席とのあいだにレイチェルがいて、よくは見えないものの、友人に目をやって息をのんだ。

「知っているよ。ぼくはきみの後ろの車にいて、事故の一部始終を見ていたから」マットはなだめるように言いながら、脈をもう一度測った。「ところで、ぼくは医者なんだ。名前はマシュー・トンプソン。きみたちのあいだにいる女性も医者だ。彼女はレイチェル・マッケンジー。二人ともダルヴァーストン総合病院に勤務している」

「まあ、ママのドクターなのね！　ママはいつもあなたのことを褒めちぎっているのよ。すごくすてきな人だとか言って！」女性はそう言ってから顔を赤らめた。

「それを聞けてよかった。医者は自分が患者を怖がらせていないか、知っておいたほうがいいからね」マットは彼女にほほえみかけた。「それで、きみの名前は？　病院で会った覚えはないんだが」

「ミーガン・ブラッドリーよ。ここに越してきてから具合が悪くなったことがないから、会ったことはないわ」彼女は顔をしかめた。「ともかくも、今までは」

「さて、ミーガン、慰めになればいいが、ぼくが見たところでは、きみにはひどい怪我はないと思う」マットは安心させるように言った。「だが、きみの体のことをいちばんよく知っているのはきみだ。どこかひどく痛むところはある？」

「脇腹だけ。痛い気がするけど、シートベルトのせいじゃないかしら」にわかに、その目に涙が浮かんだ。「ケイティはわたしよりずっとひどい怪我なんでしょう？」

「残念ながらね」マットはミーガンの背骨に沿って手をそっと滑らせていき、脊椎のずれの兆候がないかをチェックした。わかる範囲ではなんの問題もなく、彼はうなずいて言った。「よし、きみをそこから出そうと思うが、ゆっくり慎重にやるからね、いいかい？」

「テレビドラマでやっているみたいに？」ミーガンは尋ねた。

「そのとおりだ」マットは言いながら、内心で人気ドラマの脚本家たちに感謝した。医療ドラマシリーズが次々に放映されるおかげで、一般人の知識が飛躍的に増えたことを、マットはいいことだと考えていた。「頸椎カラーがぼくのかばんにあるから、それをきみの首に巻いて、脊椎上部を保護する。少し違和感があるだろうが、つけるメリットがあるからね」

「平気よ」ミーガンは請け合った。「来年卒業したら、看護師になる訓練を受けたいと思っているから、どんな感じかを知るのはいい練習になるわ」

「たしかに！」マットは温かい笑みを向けながら、これは不幸中の幸いだと思った。どうやら彼女は現実的な女性で、ヒステリー傾向がないようなので、そのぶん仕事がやりやすい。

　マットは立ち上がり、自分の車へと急いだ。先日の運河での事故の際に予備として持っていった道具の数々をかばんから出すひまがなくて幸運だった。頸椎カラーに加え、あの若い運転手に点滴を施すのに必要なものが全部そろっているとわかり、安堵（あんど）のため息をつく。あの日から何年もたったような気がする。あれ以来いろいろなことがありすぎて、人生の何年分にも相当するものがそこにつめ込まれている感じだ。

　道路の向こうへ引き返しながら、レイチェルのほうに目をやると、胸の内に強烈な痛みが走るのを覚えて、マットは立ち止まらずにいられなかった。自分に嘘をつくことはできるが、そうすることに意味はあるのか？　クレアを亡くして以来、ぼくは生きるふりをしてきただけだ。そうだということを、レイチェルと一緒に過ごしたあの夜が証明してくれた。クレアだって、こんなことは望んでいないはずだ。それどころか、あきれているだろう。ぼくがこんなふうに人生を無駄にするとは、クレアは考えたくもないに違いない。ぼくには幸せでいてほしいと願っているはずだ。

　マットは再び歩き出した。どうやら、ぼくもようやく過去を忘れようとしているらしい。不思議なことに後悔がないのは、過去は過去であって、今は今だからだ。もっとも、未来はどうなるのかというのはまた別の問題だ。何が待ち構えているかは誰にも予言できないし、それでいい。がっかりする場合もあるかもしれないから、あまり先のことは考えたくない。自分の手の中に今あるものを、ただ楽しみたいと思う。

　レイチェルをじっと見つめながら近づいていくうちに、マットは胸に温かいものがこみ上げてくるのを覚えた。なにしろ今は、レイチェルがここにいるのだから。ぼくのかたわらに。

10

負傷した運転手のケイティを救急サービスがなんとか救い出すまでに、優に一時間はかかった。救出作業は困難をきわめ、車のルーフはもちろん、エンジンまではずさなくてはならないほど複雑なものになったからだ。その作業中、マットは車の中に残ると申し出て、ケイティの状態を観察し、意識がとぎれがちの彼女を励ましていた。

ケイティが車から助け出されると、救急隊員が彼女を大急ぎで救急車へと運び込んだ。救急車がサイレンを鳴らし、ライトを点滅させながら走り去っていくのを見送って、レイチェルはため息をついた。

ケイティは骨盤を骨折しており、それが大量失血につながっていたのだが、きっとそのほかにも内部損傷があるに違いない。全員ができるかぎりのことをしたにせよ、彼女が危機を乗り切れるかどうかは予断を許さない状況だ。

「幸運を祈るしかないだろうな」

マットが警察への証言を終えて戻ってきた。彼の言葉を聞いて、レイチェルはうなずいた。自分も同じようなことを考えていたからだ。「助かる見込みはどれくらいあると思う？」

「さほど高くないと言うしかない」マットは肩をすくめた。そのハンサムな顔に険しい表情が浮かんでいる。「消防団が彼女をもう少し早く救出できていたら、もっと可能性はあっただろうが」

「彼らも全力を尽くしたのよ」地元の消防団員二人が使用した機材を集めて片づけているのを見つめながら、レイチェルは答えた。

「もちろんだ。非難するつもりで言ったわけではないよ。誰がやっても、あれより早く助け出すのは不可能だった。ひどいありさまだったからね。だが、あの遅れが彼女の生存の可能性に影響したことは、確かな事実だ」

マットの声には精彩がなかったが、レイチェルにはその理由が理解できた。こんなふうに若い命が奪われようとしているのを目の当たりにするのは、いつだってつらい。考えるまでもなく、レイチェルは彼の腕に手を添えた。「まだ可能性はあるわ、マット。事故が起こったときにあなたがここにいたこと、そのおかげで早急に救助に入れたことが、彼女に有利に働いているはずよ」

「ありがとう。それを聞いて、ずいぶん気持ちが楽になった。もっとも、これはぼく一人の手柄じゃない。レイチェル、きみの働きもめざましかったよ。きみが手伝ってくれなかったら、あそこで点滴するのはとうてい無理だっただろう」マットは彼女にほほえみかけた。温かさにあふれたその目を見ていると、たちまちこちらの胸も熱くなってくる。「それこそ、チームワークのなせる技だよ」

「きっとそうね」レイチェルは急いで手を離した。マットのほほえみには何か意味があるのかもしれないなどと考えている場合ではないわ。周囲の混沌とした様子を見渡して、レイチェルは顔をしかめた。車がそこかしこに止まっており、人々が道路に立ちつくしている。警察の事情聴取が終わるまでは、誰もここを離れることは許されないのだ。目下、警察の優先事項は、事故を引き起こしたバンを運転していた人物を特定することだ。「大変なことになったわね」

「この様子だと、一段落するまでしばらくかかりそうだな」

「そのようね」振り返って立体駐車場のほうを見て、レイチェルはため息をついた。「いつになったら車を駐車場から出せるのか、見当もつかない。渋滞で出口が完全にふさがっているから、どのスロープにも車の長い列ができているわ。あれが解消するまで相当な時間がかかりそう」

「本当だ」渋滞が長くなっていくのを眺め、マットは顔をしかめた。「買い物はすませたのかい？」

「だいたいは。今夜はもう買い物をする気分にはなれないというのが本当のところだけど」

「それなら、きみの車はそのまま置いておいて、ぼくの車で帰らないか？」マットは、道路の向こうに一時間以上も前に止めたままの自分の車を指さした。「ぼくはもう警察に証言したから、帰ってもかまわないんだ。乗せていってあげるよ。そうすれば、ここで無駄に時間をつぶさなくてもすむ」

たしかにそのとおりだ。レイチェルもそうしたいのは山々だった。でも、あの夜ベッドをともにしてから二人のあいだがどうなっているかを考えると、この申し出を受けるのは、はたして賢明なのだろうか？　できるだけマットに近づかないようにしてきたのに、家まで送るという申し出を受けるのは、どう考えても最善の策だとは思えない。

「親切にありがとう、マット。でも、車を一晩じゅうあそこに置いておくのはどうかと思うし」

マットは大きくため息をついた。「本当の理由はそれじゃないんだろう？　いいかい、レイチェル、あの夜ぼくたちのあいだに起こったことをきみが忘れたいと思っているのはわかっているよ――きみはそう明言していたからね。だけど、ぼくは家に送ると申し出ただけで、それ以上の意味はない」

すっぱりそう言われて、レイチェルはばつの悪さに頬を染めた。「あなたをそっとしておいたほうがいいかと思っただけよ」静かに弁明した。「あの次の朝、わたしたちがしたことであなたが動揺しているのがわかったから、あなたをそれ以上困らせたくはなかったの」

「そうなんだね。だけど、きみはあのことを忘れたがっているようにしか見えないが」マットはきっぱりと言ったが、そこに傷ついた響きを感じ取って、レイチェルは眉をひそめた。

「ある意味では、そう、そのとおりよ。でも、それはあのことを後悔していたからじゃない。あなたには傷ついてほしくないからよ、マット。それだけ」

「ぼくとしては、きみは気にしていないんだと思っていた。ぼくが間違っていたということかな？」ほほえみかけてくるマットの目には優しさがあふれていた。それを見ていると、胸につかえていた氷が少しずつ溶け出した。もしかして、わたしたちはお互いに誤解していたの？

　その考えにはひどく心をそそられる。口を開いたら何を言ってしまうか怖くて、レイチェルは唇を噛みしめた。マットの手の甲が彼女の頬をかすめた。指が肌の上を滑っていき、彼が震えているのがそこから伝わってくる。

「レイチェル、ぼくたちは話し合う必要がありそうだね。家まで送っていくよ。問題を解決できるかどうか、やってみよう」

　レイチェルはうなずき、一言も発することができなくなっている自分に気づいて驚いた。マットのあとについて道路を渡って車まで行き、助手席に座ってもなお、口がきけずにいた。マットの家に着いてもこの状態のままだったら、どうやって問題を解決できるのだろう。でも、そんな心配はどうでもいい。マットがなんとかこの誤解を解こうとしてくれていることが、何よりも大事だった。

　わずか十分でマットの家に着いた。玄関の前で車を止めると、マットはレイチェルの顔を見て言った。

「ここで大丈夫かな？　きみの家で話すほうが気楽なら、そちらに行ってもいい。最初に相談しておくべきだったね」

「ううん、ここで大丈夫」レイチェルは返事をしながら、熱い波にのみ込まれそうになるのをこらえた。

この前、この家に来たときのことをマットは思い出しているのかしら？　甘く激しく燃えた二人の情熱の行為をつぶさに思い出し、そのすばらしさを噛みしめているの？

脚の力が抜けたようになってふらふらしながら、彼に続いて家に入った。そんなふうになるのも無理はないだろう。刺激的な映像が頭の中で次々と繰り広げられていくのだから。一緒に横たわり、手足をからめ合う自分たちの姿。最も親密なやり方で溶け合う二つの体。マットはこのうえなく情熱的でありながら、このうえなく優しく愛撫してくれた。彼があの夜に導いてくれた喜びは、ほかの誰かとでは経験することのできないものだ。そう、ほかの人とではありえない。わたしが欲しいのはマットだけ。愛しているのもマットだけなのだから。

そう気づいて、レイチェルは喜びでいっぱいになると同時に怖くなった。自分がどれほどもろいかということに気づかされたからだ。


キッチンに入って明かりをつけるあいだ、マットには自分の心臓の鼓動の音が聞こえていた。ずいぶん大きな音をたてているので、レイチェルに聞こえていないとしたら驚きだ。ケトルの電源を入れながら、彼女をちらりと見てみたが、その顔に感情らしきものはほとんど浮かんでいない。というより、呆然としていると言うべきか。ショックを受けて、なんとかそれに対処しようとしているように見える。

苦笑しながら、コーヒーの缶に手を伸ばす。大きな事故の対応に当たったばかりだし、ショックを受けていても当然じゃないか。今、彼女に必要なのは一杯のコーヒーと、自分を落ち着かせる時間だ。ぼくたちのことはそのあとで話し合おう。

〝ぼくたち〟という言葉にまたしても胸が高鳴り、マットは歯噛みした。二人は〝ぼくたち〟というような関係ではない。今のところはまだレイチェルとぼくだ。体の関係を持ったからといって、カップルになったわけではない。それが今まで経験したこともないほど刺激的なセックスだったとしても！

体がかっと熱くなってきて、マットは急いでコーヒーをいれることに専念し、頭を冷やそうとした。レイチェルと情熱を交わすのは本当に忘れられない経験だったが、ぼくだって血肉の通った人間にすぎない。長いこと押し殺してきたものの、ほかの人と同じように生理的欲求もある。そういうことをいろいろ考え合わせると、彼女とのセックスが大成功に思われたのも無理はないのかもしれない。

理屈にかなった説明ではあるが、レイチェルとのセックスがあれほどすばらしかった本当の理由がそれだとは、内心ではどうしても思えなかった。だが、洗いざらい話し合わなくてはならないときに、ほかのことに気を取られていてはいけない。

コーヒーを注いだマグカップをキッチンのテーブルに置いた。居間よりここで話し合うほうが、親密感が少なくていい気がしたからだ。暖炉の柔らかな光や火のはぜる音は雰囲気抜群だが、とマットは冷蔵庫からミルクを取り出しながら思った。だが、レイチェルを誘惑するためにここへ連れてきたわけではない……まあ、意識していたわけではないが、考えてみれば、そうするのも悪くないな。

制止する間もなく、思考が勝手に飛躍した。なめらかな白い肌に暖炉の光がちらちら揺れるのを眺めて存分に楽しむところを想像して、思わずうめき声がもれた。いや、男なら誰だって、こんな誘惑には勝てないだろう！

「マット？」

レイチェルの声でマットは想像から覚めて、彼女が何か言ったのを聞き逃したことに気づいた。「すまない。ぼんやりしていた」謝りながら、ミルク入れをテーブルに置き、席に着いた。「なんて言ったんだい？」

「さっきの気の毒な子の心配をしていたのね」レイチェルは彼がぼんやりしていた理由をすっかり誤解して、ため息をついた。「快方に向かっていてほしいわね」

「ぼくも同感だが、実は彼女のことを考えていたわけではないんだ。ぼくたちのことを考えていた」自分のコーヒーにミルクを入れながら、こんなことを白状するなんてばかだと思いつつ、嘘はつきたくなかった。このところ誤解ばかりしていたのだから、わざわざ嘘を重ねる必要はない。

「まあ！　そうだったの」レイチェルが震える声で言った。彼女がかたずをのむのがわかり、マットはいとしさで胸がいっぱいになるのを覚えた。この混乱を解消するのは、彼女にとって大事なことなのだ。ぼくにとってもそうであるように。

この考えに後押しされ、マットは勇気を出して話を続けた。「たしかに、ぼくたちがあの夜ベッドをともにしてから、事情が変わったと思う。それに、きみが言ったとおり、次の朝、ぼくは動揺していた。それは事実だ。だけど、きみと寝たことを後悔しているわけではない」

自分が感じていたことをどう説明すればいいのか考え出す時間が欲しくて、マットは話を中断した。自分はこんなふうに心の内を見せることには慣れていないが、レイチェルには嘘偽りのない真実を打ち明けなくてはならない。

「きみと情熱を交わすのはすばらしかった。きみはすばらしかったよ。あのあと、ぼくが動揺していたのは、クレアを裏切ったような気がしてならなかったからだ」

「あなたにはつらいことだったでしょうね、マット。あなたたちがすてきな夫婦だったことは知っているもの。クレアを失って、あなたがどれほど大変な思いをしたかは想像もつかないわ。わたしは……わたしはそれほど誰かを愛したことはないから」

その声にこめられた何かが引っかかり、彼女の顔に目をやったが、相手はこちらを見てはいなかった。カップに目を落としていて、表情がはっきり見えない。マットは眉をひそめた。それほど誰かを愛したことはないという彼女の言葉の中には、わずかなためらいがあったのでは？　そんな疑問を持ったが、すぐにそれを退けた。レイチェルがぼくに嘘をつく理由などないはずだ。

「大変だった。それを乗り切る唯一の方法が、仕事とヘザーの世話に集中することだった。だけど、ヘザーも今ではすっかり大人になり、もうぼくが面倒を見る必要もなくなった」マットは悲しげにほほえんだ。「娘はだいぶ前からぼくの世話を必要とはしていなかったんだと思う。だが、ぼくがあの子を必要としていたことを知っていた。だから、看護師になる訓練を終えたあと、ダルヴァートンに戻ってきたんだろう」

「ヘザーはあなたのことを愛しているのよ、マット。ここに戻ってくることを試練だなんて思ってはいなかったはずよ」

「どうしてぼくの考えていたことがわかった？」

「それは、わたしもロスのことをよくそんなふうに考えてきたからよ。わたしがいるからダルヴァートンに落ち着くことにしたんじゃないかしらって」レイチェルはそっと笑った。「もちろん、あの子はそうだと認めたりはしないけど！」

「認めなくても、行動が証明している。ロスがここに住むことにしたのは、きみを愛しているからだよ、レイチェル。息子を育てるために身を粉にして働いてくれた母親に感謝しているからだ」マットはテーブル越しにレイチェルの手を握った。「きみはロスのすばらしい母親だよ」

「そう言ってもらえてうれしいわ。わたしにはとても大事なことだから」

レイチェルの目に涙が光ったが、彼女はそれをまばたきで払った。マットは手を離し、レイチェルに気を取り直す時間を与えるために、自分のカップを手に取った。ぼくたちは、それぞれの親業についてではなく、自分たちの関係について話すためにここにいるのだから。

〝ぼくたち〟は関係を持ったのだと思うと、また胸が高鳴ってきたが、今回はいちいち言い方を改めたりしない。レイチェルと自分が関係を持ったことは事実だ。知り合ってずいぶんになるが、二人はとてもいい関係を築いてきた。最近それが変わってしまったことが問題点であり、そこをどうするか決めなくてはならない。

マットはコーヒーを飲みながら、レイチェルにばつの悪い思いをさせないように話を切り出すにはどうすればいいか考えてみた。単刀直入に、自分たちが関係を持ったことについてどう感じているのか尋ねるのは無神経な気がしたが、どうやっても無神経なことに変わりはないのだ。それ以上の何かを差し出す心の準備はまだできていないのだから。だが、そのうちに……。

思考が暴走してしまう前に、考えるのをやめた。

「いいかな、レイチェル」と話を切り出した。

「もう一度、試してみるのはどう？」

二人同時にそう言って、二人とも黙った。マットは頭がくらくらしてきて、深呼吸した。まさか、自分が言おうとしていたことをレイチェルのほうから提案されるとは。どう答えたものか、あれこれ考えているうちに、彼女が話を続けた。

「このあいだのことを一度かぎりのことにしようというなら、それでもいいのよ、マット。わたしも納得するわ。でも、一夜だけでは足りないと思っているのなら、そう正直に言わなくてはだめよ」

「きみはどう思っているの?」マットの声はしゃがれていた。

レイチェルは肩をすくめた。「わたしの質問が先よ」

なんてことだ! これは難しい。こんな答えづらい質問は初めてだ。マットの血圧は上昇し、増してくる内圧で体が爆発するかと思うまでになった。しかし、答えは一つしかないと内心ではわかっている。少なくとも、正直な答えは一つだけだ。臆病になるのはやめよう。これほど大事なことでレイチェルに嘘をつきたくはない。

「一夜だけでは足りないよ、レイチェル。あの夜、それまで感じたことのないものを感じたのに、それで終わりだなんて、ありえない」

レイチェルの目を見据えると、彼の言葉の意味を理解したあかしに、その瞳孔が拡(ひろ)がるのが見えた。

そう、ぼくはレイチェルと体を重ねたとき、クレアとのときでさえ感じたことのなかったものを感じた。一瞬、古い罪悪感がいっきによみがえってきて彼をのみ込んだが、やがて奇跡のように、もやもやした思いが晴れた。今、考えられるのはレイチェルのことと、彼女が差し出してくれているもののことだけだ。そんな貴重なものを突き返すのは、大ばか者のすることだ。

マットはレイチェルの手を取って立ち上がらせ、彼女を抱き寄せた。その張りのある胸のふくらみが自分の胸に押しつけられるくらい、しっかり抱きしめると、とたんに彼女の胸の先端が硬くなるのがわかった。マットの体も活気づき、相手も高まっていることに気づいたレイチェルが息をすばやく吸い込む音が聞こえたが、彼はそれを気にもかけなかった。もう見栄を張ったりしない。かけひきをするのも終わりだ。

「この関係がどこまで続くかはわからない。でも、ぼくは気にしないよ、レイチェル。今わかっているのは、きみが欲しいということだけだ。こんなに誰かを欲しいと思ったことは長いあいだなかった」

「保証を求めているわけではないの」レイチェルがささやいた。「関係がどれだけ続くかなんて、誰にも予言できないわ」

「そう、誰にもわからない」彼女を失うことになったらどんなに打ちのめされるかは考えないことにした。「ぼくにできるのは、ぼくの名誉にかけて誓うことくらいかな。たとえ何があろうとも、ぼくたち二人は分別のある大人として対処していくんだと」

「こんなふうに感じながら、分別なんて働くのかしら」レイチェルはささやくと、マットの腰に当たっている腰を動かして、彼にうめき声をあげさせた。

「できないね。そうしたいとも思わない。今すぐにここで、狂おしく情熱的に抱き合いたいだけ。今はそれで充分かな？」

「ええ、もちろんよ」

レイチェルは爪先立ちになると、唇を彼の唇に押しつけた。唇を開き、相手の唇も開くように誘う。マットは強烈な欲望に襲われ、レイチェルをきつく抱きしめると、彼女の挑発が引き起こした結果を伝えた。彼女をテーブルの上にのせるとき、コーヒーのカップが飛んでいったが、気にも留めなかった。心が癒やされようとしているときに、壊れた陶器などどうでもいい。

二人はキッチンでそのまま情熱を交わした。それは最初の夜よりさらにすばらしく、驚くほど満足感の得られるものになった。マットはその夜、自分が新たな高みに到達したことと、それは相手がほかの女性ではなく、レイチェルだったからできたのだということを知った。レイチェルが彼に体を開いたとき、マットは自分が恋に陥る一歩手前にいることに気づいた。だが、この段階では少し先走りすぎているとも思った。レイチェルは愛や結婚を求めてはいない。ただ一緒にいることを求めている。ぼくはそれで満足しなくてはならない。今のところは。

二人一緒にクライマックスを迎え、声を合わせてお互いの名前を叫んだ。二人の未来はこれで決まったとは言えないにしても、現時点では二人の選択は正しかったことが証明された。ぼくはこれで生きていける、今を生きて、自分の手の中に今あるものを楽しめばいい。レイチェルもずっとそうであってほしいと願うばかりだ。

次の朝、レイチェルが目覚めたときにはマットはまだ眠っていた。早朝で、まだセントラルヒーティングのスイッチが自動的に入る時間ではない。レイチェルは震えながら、寝室のドアの裏にかかっていたマットのバスローブを取って、それをはおった。彼女には大きすぎたので、袖をまくり、腰のベルトを締めた。ローブのおかげですぐに暖かくなり、おまけにマットの匂いがするのがうれしかった。その匂いを吸い込みながら、階段をおりていく。マットの匂いに包まれるのは、彼の腕に抱かれるのにはかなわなくても、その次にすてきなことだ。

口元に笑みを浮かべながら、朝食の支度に取りかかった。マットがボクサーパンツだけというすばらしくセクシーな格好でキッチンに入ってきたころには、ベーコンはかりかりに焼け、卵はじゅうじゅうと音をたてていた。彼はにっこり笑ってレイチェルのそばへやってくると、彼女を抱き寄せた。

「そうか、きみが犯人だったんだ」

「犯人？」レイチェルは彼の目をのぞき込んでほほえみ、乱れた前髪が額にかかっているのをいとしそうに眺めた。マットはいつも完璧に身だしなみを整えているので、今のように完璧ではない姿を見るのは、めったにないうれしいサプライズだ。

レイチェルは彼の乱れた髪を撫でつけて、正しい位置に戻した。こんな親密さを楽しむ権利を持っていることがうれしくてたまらない。「教えてちょうだい。いったいわたしはどんな疑いをかけられているのかしら？」

「おっと、疑いなんてものじゃない。証拠は明白、目の前にある」マットはバスローブのベルトに手を伸ばした。「ドクター・マッケンジー、きみはぼくのローブを盗んだ。その罪は、それ相応に罰せられるべきだ」

「あら、でも、盗んだわけじゃないわ」レイチェルは異議を唱え、借りただけだと必死に訴えようとした。だが、マットは弁解を聞く気はないらしい。

マットはローブをはぎ取ると、脇に放り投げた。彼の唇がうっとりするようなキスで唇を求めてきて、レイチェルが言い立てようとしていた言葉をすべて忘れさせてしまった。背中を壁に押しつけられると、レイチェルは抵抗もせず、喜んで従った。彼にキスをされ、抱きしめられ、彼のものとなるのは、とても心地がよかった。突然の火災報知器のけたたましい警報に邪魔されなければ、二人は自然に結ばれていたはずだ。

マットはくすりと笑ってレイチェルを放し、ガスを止めた。「どうやらベーコンはごみ箱行きが決定だな」

「卵のほうもね」レイチェルは首を振って、フライパンの中の黒焦げの物体をつついてみた。「ベッドで朝食を食べるチャンスをふいにしちゃったわね」

「それは残念だけど、正直に言うと、代わりに得たものほうが好きだな」

マットが茶目っ気たっぷりに流し目を送ってきたので、レイチェルは笑いながら、ふざけて彼を平手打ちにするふりをした。「マシュー・トンプソン、あなたはまったく恥知らずね！」

「いいね。きみが言うと、まるで音楽みたいに聞こえるよ。ぼくは実に退屈な頑固親父になりそうだから、もう少し危ない橋を渡って、危険なやつに見られたいな」

「頑固親父！　そんなの、あなたにちっとも似合っていないわ。わたしの友人たちに言わせると、あなたはベイビーだそうよ」

「本当に？」マットはにっこり笑った。「ベイビーと呼ばれるには少し年を取りすぎていると言わざるを得ないが、異議を唱えるつもりはないよ。それにしても、ぼくがいちばん知りたいのは、きみも友人たちの意見に賛成なのかどうかだけど？」

「さあね、それは言わないでおくわ！」

レイチェルはマットの横をすり抜け、急いでキッチンを出た。階段を駆け上がっていくのをマットが懸命に追いかけてくる。とはいえ、彼女はそれほど真剣に逃げようとしているわけではなかった。二人は彼の寝室で体を重ね、そのあと一緒にシャワーを浴び、そこで再び体を重ねた。今度もまたすばらしかった。今まで誰ともこれほどまでに親密な時を過ごしたことのないレイチェルは、この親密さをおおいに楽しんでいた。こんな暮らしが当たり前になればいいのにと、そのあと服を着ながら思った。毎朝、マットと一緒に目を覚まし、毎晩、彼の隣で眠りに就くことが当たり前になれば。だけど、これは今だけのことで、永遠に続くわけではないことを忘れてはならない。

レイチェルはため息をついて、ブラウスのボタンを留め終えた。たとえ魂の伴侶を見つけたとしても、長続きする関係を築き上げるには、双方の努力が必要だ。わたしには一生をともにする関係を築こうとした経験はないが、学ぶことはできる。マットは結婚していたのだから、その経験はあるわけだが、はたしてそれをまた一からわたしとやり直す気になってくれるかどうかはわからない。そうなってくれることを祈るばかりだ。

11

それからというもの、マットは幸福感に包まれている自分に気づいて驚いていた。診察室で発生するさまざまな問題でさえ、以前のように心をわずらわせることはない。これもすべてレイチェルの影響だ。

レイチェルとつきあうことで、生活に新しい局面が加わった。それは自分の生活にあまりにも長いこと欠けていたもので、気づいてみると、こんな生活がずっと続くことを願っている。二人は先の約束こそしていないものの、今はとてもうまくいっているし、これが終わってほしくはない。自分はレイチェルを愛しているのではないかという考えがますます頻繁に頭をよぎるようになっているが、それについてじっくり考えるのは避けていた。これ以上欲張ったりしたら、すべてを台なしにしてしまいそうで怖かったからだ。レイチェルは彼の家に越してきてはいないが、夜はたいていこちらで過ごす。彼女とのセックスライフのすばらしさにはいつも驚かされるばかりだ。そのうちマンネリ化するときが来るのではないかと懸念していたが、そんなことはない。抱き合うたびに、初めての気分になり、夢中になるのだった。

　クリスマスが来て、ここ数年で思い出せるかぎり最高のクリスマスになった。ロスも交えて三人で昼食会をした。ロスは何も言わなかったが、マットとレイチェルのあいだに何かが進行中だと察しているようだった。しかも、二人のことを心から喜んでくれている印象だったので、これなら自分たちの関係が母子のあいだに問題を引き起こすことはなさそうだと思い、マットはほっとした。ヘザーがクリスマスおめでとうと電話してきたときには、レイチェルのことを打ち明けようかとも思ったが、なんとなくやめたほうがいい気がして、言わなかった。運命には逆らわないほうが安全というものだろう。

　クリスマスが終わったころには、前任の非常勤医が引き起こした混乱の後始末もそろそろ終盤に差しかかっていた。再受診が必要な案件の数は六件にまで減らせていた。クリスマス休暇明け初日の最初の患者は、アリソン・ブラッドショーという、乳腺線維腺腫と診断された女性だった。以前連絡を取ろうとした際には、彼女は休暇中で、そのため受診が遅れたのだ。マットがコンピューターで彼女のファイルを開き、元非常勤医が作成した、どうしようもなくいい加減な覚え書きに目を通しているところに、レイチェルがドアをノックした。

「奮闘しているみたいね。今朝はリストがつまっているの？」

「この時期にしては普通かな」マットは椅子を後ろに傾け、レイチェルにほほえみかけた。彼女にそそられなくなる日が来ることなんてあるのだろうかと思いながら。二人がベッドから出てからほんの一時間しかたっていないのに、もうぼくの心は嵐を巻き起こしている。

レイチェルはドアを閉め、デスクをまわってきて、彼の唇にキスをした。二人の関係を同僚には秘密にすることにしていた。どちらも噂（うわさ）されるのが好きではないので、職場ではとても慎重にふるまっていた。そんなレイチェルからルール破りのキスをされたことで、マットの胸は喜びに高鳴った。

「午前を乗り切るためにエネルギー補給が必要なんじゃないかと思ったの」

「うーん、そうだね。そのとおりだよ」マットはレイチェルを膝の上に引き寄せ、音をたててキスをし、彼女が熱く応えるとほほえんだ。レイチェルのそういうところが好きだった。彼女はいつも偽ることなく、自分の感じていることを正確に伝えてくれる。マットは彼女の顔と首に軽いキスを浴びせ、それからしぶしぶ顔を離した。「これでなんとか昼までがんばれそうだ。だけど、それまでにもう一度、補給が必要かもしれない」

「困っている同僚を助けるためなら、いつでも喜んで」レイチェルは快活に答えて笑った。

デスクの上のブザーが鳴り、受付で最初の予約患者が待っていることを知らせなかったら、その言葉どおりにしてもらおうかとレイチェルに要求するところだった。マットは残念そうに唸（うな）って、彼女を膝からおろした。

「持ち場につこう。そろそろ仕事に取りかかる時間だ」

「了解！」

レイチェルが敬礼のポーズを決めて、ドア口に向かうと、残されたマットはくすりと笑った。こんなふうに彼女はぼくに元気をくれて、もっと前向きに生きようという気持ちにさせてくれるのだ。長らくそんな気持ちになれたことはなかった。レイチェルは、ぼくが女性の中に見出していするばらしい点をすべて備えている。優しくて、思いやりがあって、セクシーで……。

ここでやめておくことにした。経験上、すぐに想像が暴走してしまうことは知っている。マットはアリソン・ブラッドショーを呼び入れ、彼女にマンモグラフィー検査を受けてもらいたい理由を説明した。当然、彼女は不安になり、マットは病院に電話して、翌週受診できるように予約を取った。

幸いなことに、アリソンの症状は落ち着いており、乳房を調べても、問題のありそうな兆候はない。しかし、本当に安心できるのは、マンモグラフィーの結果が返ってきて、すべて異常がないことが確認されてからだ。

アリソンを見送ってから、リストの残りの患者を診ていった。ちょうど最後の患者が出ていったとき、キャロルから、再受診のリストにある別の患者について問い合わせの電話があった。その問題についてはオフィスで片づけようとマットは告げ、使っていたカルテを取りまとめた。

廊下を歩いているとき、若い女性が処置室から出てきて、それがミーガン・ブラッドリーだと気づいたので、マットは足を止めた。町の中心部で起こったあの事故に巻きこまれた車に乗っていた子だ。

「やあ。ここで何をしているの?」

「抜糸してもらったの」ミーガンは言うと、髪を後ろに払って、耳の上の細く赤い傷を見せた。「痛いかと思って、やってもらうのが怖かったけど、看護師さんが優しくやってくれたから、ほとんど何も感じなかったわ」

「それはよかった」マットはミーガンにほほえみかけた。「じゃあ、きみは完治したんだね」

「ええ。ドクターにはお世話になって。あのあと何日かは少し気分がすぐれなくて、頭が痛かったけど、あの状況を考えてみると、ずいぶん軽くすんだと思うわ」

「それで、運転していた友達は――ケイティだったかな？　病院に電話したら、骨盤を修復する手術を受けたって聞いたけど。順調に回復している？」

「経過は悪くないけど、また起きて歩けるようになるまでには、しばらくかかるみたい」ミーガンはため息をついた。「警察はまだバンの運転手を見つけていないって。防犯カメラの映像からバンの持ち主は見つかったけど、事故の二日前に盗まれた車だったらしくて。あんなにひどいことをした人間がなんの罰も受けずに逃げおおせようとしているなんて、考えたくもないわ」

「警察はそのうち男の身元を突き止めるよ」マットは安心させるように言った。「大事なのは、きみとケイティが元気になることだ」

「そうよね、ドクター・マッケンジー。そのとおりだわ」

ミーガンは晴れやかな笑顔を見せて、帰っていった。マットはオフィスに行き、上機嫌でキャロルの問い合わせ事項を片づけた。あの子たち二人ともがつらい体験を乗り越えられそうなのはうれしいことだ。自分自身がこんなに幸せな気分でいると、すべての人々の身にいいことだけが起こるようにと願いたくなってくる。レイチェルとぼくの今の幸せや未来を台なしにするような惨事は絶対に起こってほしくない。

マットは眉根を寄せながら、診察室に戻った。またしても長期にわたってのことを考えてしまったが、そんなことを考えるのは賢明ではない。自分にできるのは、ぼくが二人の関係を大切に思っているのと同じように、レイチェルも大切に思っていてほしいと願うことだけだ。

わたしは人生の中で最高にすばらしいときを過ごしている。前にこれほどの幸せを感じたのはいつなのか思い出せないくらいだ。職場でもそれ以外でもマットと一緒にいるなんて、夢が現実になったかのようだ。

意外だったのは、仕事のうえでの関係が悪くならなかったことだ。マットは、職場では変わらぬ敬意と礼儀正しさをわたしに示してくれる。ただし、その目つきはまったく別の次元で問題を引き起こしてはいるのだが。わたしは人生をともに過ごしたい相手を見つけた。そのことに疑いを差しはさむ余地はない。でも、マットも同じ思いでいることを彼が認めるまでは、浮かれていてはいけない。

未来に何が待ち構えているかということだけが不安材料だが、そんな不安につぶされたりはしない。ありがたいことに、忙しくて、いらないことを考えているひまはなかった。再受診の必要な患者を割り込ませなくてはならないので、みんな手いっぱいなのだ。午前も午後も、各自のリストは以前に比べて長くなっている。

そのうえ、准看護師のジェンマ・クレイヴンが町はずれの農場へ往診に出かけ、吹雪の中で迷子になるという危機一髪の事態が発生した。ジェンマの行方がわからなくなったときにロスがひどく心配しているのを見て、レイチェルは驚いた。二人のあいだには何かあるのかしら。正直なところ、それならうれしいと思った。ロスには幸せになってほしいし、ジェンマはとてもいい子だから。ロスに確かめてみようかとも思ったが、結局、干渉しないことにした。新しい関係、どても大事な関係を守りたいという気持ちがどんなものか、自分も知っているからだ。

二月に入ってすぐ、レイチェルはある異変に気づいた。それはマットとの関係に影響を及ぼすことになりそうなできごとだった。その数日前から気分がすぐれず、吐き気やめまいがしていたのだが、いまだ流行しているウイルス性胃腸炎にかかったものと思っていた。だが、ある朝、起きたとたんに激しい吐き気に襲われ、ほかの可能性を考えざるを得なくなったとき、そのことに思い当たって愕然とした。

まさか妊娠？

急いで寝室に戻り、バッグから手帳を取り出した。閉経期に近づくと月経周期が変わってくるのが普通だが、レイチェルの場合は今に至るまで規則的に来ていた。だが、日付を確かめてみると、生理がほぼ二週間遅れているとわかった。あわてる必要はないと自分を落ち着かせようとしたが、めまいに吐き気、今朝の突然の嘔吐、生理が来ていないこと、それらを重ね合わせてみると、すべてが同じ結論を指している。身ごもったのだ。

頭がくらくらするなか、階下へ行った。自分は四十六歳。この年で赤ちゃんができるなんて考えられない！　それに、わたしたちは用心を怠ったりはしていない。必ず避妊をしていた。でも、医者であるから、どんな避妊法も百パーセントの効果があるわけではないというのもよく知っている。沈んだ気分でキッチンのテーブルに着きながら、レイチェルは思った。妊娠の疑いがあることをマットに話したら、彼はどんな反応をするだろうか。彼が結婚を考えていないことははっきりしているから、喜ぶとは思えない。なにしろ、子供を持つことは究極の責任を負うことになるからだ。

「大丈夫？　今朝はひどく顔色が悪いけど」

マットがやってきて、そばにかがみ込んだ。とても心配そうな顔をしているので、レイチェルは泣き出さないようにぐっとこらえた。人生のこの段階でまた父親になることを、彼はきっと選びはしないだろう。

「流行しているあのウイルスにやられたみたい」彼に嘘をつかねばならないのは情けないが、ほかに選択の余地はない。何か言うとしたら、本当に妊娠しているかどうか確かめてからだ。なんとか弱々しい笑みを作る。「正直言って、本当にひどい気分」

「じゃあ、今日は仕事に行ってはだめだ」マットはきっぱりと言った。立ち上がると、レイチェルに紅茶をいれてから、手を貸して彼女を立たせた。「さあ、ベッドに戻ろう。これは医者の指示だ！」

レイチェルは笑ったが、その声はうつろに響いた。彼に助けてもらって二階へ戻り、おとなしくベッドに横になった。マットはベッド脇のテーブルに紅茶を置くと、身をかがめて、彼女の額にそっとキスをした。

「ここで寝ているんだよ。昼休みに様子を見に戻るから」充電器から携帯電話をはずして、彼女の隣にある枕の上に置く。「だけど、具合が悪くなったら、ぼくに電話するんだよ。いいね？」

「わかったわ」レイチェルは小声で言い、今より悪くなることなんてあるのかしらと思った。涙がこぼれ出したので、枕に顔を埋めて、部屋を出ていく彼に泣き顔を見られないようにした。こんなに心細い気分になったことはない。ロスを身ごもったと知ったときでも、これほどではなかった。

マットが仕事に出かけるとすぐに、レイチェルは服を着替え、車で町へ出て、妊娠検査キットを買った。自分の家に持ち帰り、そこで検査した。結果が出るまで待つのは苦痛だったが、やはり自分の疑念が正しかったことが確かめられた。妊娠していた。そうとなれば、この先どうするかを決めなくてはならない。

この年齢だと出産にはリスクを伴うし、妊娠を継続するにはさまざまな検査を受けることが必要となる。継続しないと決めても、誰も非難はしないだろう。だが、中絶するつもりはなかった。マットにどう言うかについては、まだ考えあぐねている。ちゃんと先の約束をしていたのなら事情は違っていただろうが、二人の関係は今だけのものだ。子供ができたことを理由に、一緒にいることを彼に強要するようなまねは絶対にしたくない。

マットはとても責任感の強い人だから、妊娠したことを彼に知らせるときに二人がまだ一緒にいたら、わたしのことを支えなくてはと思うだろう。そしていつしかわたしを恨むことになりかねないと思うと、とても耐えられない。目に涙がにじんできたが、ほかに方法はない。そんな危険を冒すくらいなら、今のうちにきれいさっぱり終わらせるほうがいい。

午前の診察中もずっと、マットはレイチェルのことが心配でならなかった。ウイルス性胃腸炎にしても、症状が急激すぎはしないか。患者の波が少しとぎれるのを待って、家に電話してみたが、応答がなかったので、よけいに心配になった。電話が鳴っているのは聞こえているはずだ。受話器を置きながら考える。じゃあ、どうして電話に出ない？

たぶんぐっすり眠っているのだと自分に言い聞かせようとしたが、昼休みになるのが待ちきれない。そのうえ、さらに仕事を遅らせる事態が生じた。さまざまな検査結果が返ってきて、確認作業が必要となったのだ。アリソン・ブラッドショーのマンモグラフィー画像も含まれていて、そこに病変が見られないことにひとまず安堵(あんど)した。アリソンにも検査結果が届いているか電話で確認するようにキャロルに頼み、ほかに割り込み仕事が入らないうちに、急いで病院を抜け出した。

まっすぐ家まで車を走らせ、レイチェルの車がそこにないのに気づいて、マットは眉をひそめた。具合がよくなったので、自分の家に帰ることにしたのだろうか。細道を抜け、コテージの前に彼女の車が止めてあるのを見て、安堵のため息をついた。なぜ自分の家に戻ったのかはわからないが、ともかく無事でいてくれた。

ノックに応えてレイチェルがドアを開けたが、彼を中に招き入れもせず、立ったままこちらを見ているだけだ。どういうことなのかはわからないが、何か非常にまずいことがあるのは明らかで、にわかに胸騒ぎがしてきた。マットは自分の世界が崩壊寸前であるかのように感じながら、ありったけの意志の力をかき集めて、彼女にほほえみかけた。

「やあ！　家に戻ることにしたんだね。具合がよくなったのかな？」

「ええ、おかげさまで」短い事務的な返答に、胸騒ぎが激しくなる。

「レイチェル、何かあったのか？」こちらの口調も同じように険しくなった。

「何もないわ。たまには一人になる空間と時間が欲しかっただけよ」

言葉を和らげるほほえみもいっさいなく、取りつく島もない言い方に、マットの中にあった優しいぬくもりのようなものがしぼんでいく。レイチェルはもうぼくに飽きてしまったのだろうか。二人の関係をこんなに早く終わらせたいのだろうか。そう思うと、膝から崩れ落ちそうになる。

「そんなふうに思っていたのなら、今朝言ってくれればよかったのに。仮病を使う必要なんてなかっただろう」

「さっきも言ったけど、一人でいろいろなことを考える時間が欲しかったのよ」

「それで、その欲しかった時間を持って、考えはまとまったのかな⁉」

「ええ、決心がついたわ」

「そうか」マットはびくびくしていることを彼女に悟られまいと、肩をすくめた。「ぼくたち二人にかかわることのようだけど、何を決めたのか教えてもらえるかな？」

「お互いにしばらく距離を置くべきだと思うの」

　恐れていた言葉を突きつけられて、心臓が縮み上がる思いだった。考え直してくれないかと懇願せずにいるのが精いっぱいだったが、双方が気まずくなるようなことだけはするなとプライドが命じていた。なんといっても、最初からわかっていたことだ。ぼくたちは生涯をともにする約束をしていたわけでもなんでもない。

「それがきみの気持ちなら、ぼくに言えることはあまりなさそうだね」マットは肩をすくめた。どんなに打ちのめされているかを彼女に見透かされませんようにと祈りながら。「でも、きみの言うとおりかもしれない。少し状況を落ち着かせる必要があるのかもしれないな。このところ全力で突っ走ってきたから」

「そうね。だから……わたしは一歩下がって考えてみるのがいいと思うの。マット、あなたはどう？」

　レイチェルの声がわずかに震えていて、彼女はまだこのことにそれほど確信があるわけではないのかもしれないと多少の希望を持ったが、相手の表情を探ってみても、その希望を裏づけるようなものは見当たらなかった。彼女の様子はとてもよそよそしく、マットが心から愛するようになった女性ではなく、まるで見知らぬ他人のように見えた。

　ようやく自分の気持ちを認めたときに、その相手を失うことになるなんて、あまりにも残酷だ。これ以上は見栄を張れないと悟り、マットは身を翻した。

「いつものように、きみの状況評価は正確そのものだね、レイチェル。では、二週間ほど様子を見ることにしようか」

「そうね、わたしもそれくらいがちょうどいいと思うわ」彼女の冷静な言い方に、マットはまた新たな痛みに貫かれて、身がすくむ思いだった。こちらはこんな苦しみのさなかにいるというのに、向こうはほとんど顔色も変えずにいられるなんて信じがたい。

「午後も休みを取らせてもらっていいかしら?」レイチェルは続けた。「病気のはずなのに、急に出勤してきたら、おかしいと思われるでしょうし」

「いいよ。なんでもきみのいいようにするといい」

マットは車に引き返し、乗り込んだ。キーをイグニッションに差し込むころにはレイチェルはもうドアを閉めていたので、ぐずぐずせずに、すぐに車を出した。この展開にショックを受けているせいだと思うが、凍えそうなほど寒く感じる。まさか、自分たちの関係がこんなふうに終わるとは予想もしていなかった。涙もなければ、話し合うでも非難し合うでもなく、もうぼくには関心がないということを言葉丁寧に言われただけでは、よけいに後味が悪い。ほとんど顔色も変えずに別れを言えるということ自体が、レイチェルにとってぼくはいかに意味のない存在かということを証明している。

視界がぼやけてきて、マットは路肩に車を止めた。こんなのは泣くようなことでもないとレイチェルは思っているのかもしれないが、ぼくにとっては泣くほどのことだ。これで愛する人を二度まで失った。この先何があろうと、こんな苦しみはもうけっして味わいたくない。

12

マットが立ち去ったあと、レイチェルは思う存分に泣いた。まるでダムが決壊したように、こらえていた涙が突然あふれ出し、とめどなく流れた。しばらくすると、涙も涸れた気がしたが、おかげで気持ちが少し落ち着き、もっとよく考えられそうになってきた。

妊娠したことをマットに今すぐには話さなかったのは正しかったと思う。さっきの彼の落ち着き払った態度がそれを証明している。マットは、口論をしてでもわたしを引き止める価値があるとは思っていなかったのだろう。そんな彼に、子供ができたのなら、ことは違ってくると思ってもらいたくない。自分が責任を取らなければという気持ちになられたら耐えられない。そうなったら、自分たちも生まれてくる子供も一生不幸な道をたどることになる。

ただでさえ状況は困難になるだろう。ひとたび子供が生まれると、どれほど大変なことになるかは想像もつかない。そんな状況で毎日一緒に働いていたら、二人ともストレスで参ってしまうだろう。ダルヴァーストンで働きたいのは山々だが、よそで仕事を見つけたほうがいいかもしれない。

また一からやり直さなければならない。そう思うと億劫だったが、心の奥ではそうするのが正しいとわかっていた。ロスにどう話すかは考える必要があるが、それはあとでもいい。一番の心配は、早急に転職先を見つけられるかどうかだ。

レイチェルは定期購読中の各種医学雑誌のバックナンバーを引っぱり出して、求人欄を調べてみた。いくつかこれはと思う職があり、そのすべてにしるしをつけた。だが、いざ応募したとき、妊娠していることは不利に働く可能性がある。総合病院はたいてい人手不足であるため、数カ月しか働けない者を好んで雇わないだろう。

レイチェルはため息をついて、雑誌を脇に置いた。いざとなったら、それはなんとかなるわ。ほかに何もないとなれば、当座しのぎに数カ月の非常勤ならいつでも就ける。貯金はあるが、それだけでやっていくとなると、そう長くは持たない。コテージが売れるまでにはしばらく時間がかかりそうだし、そのあいだはどこかほかの場所を借りなければならないだろう。となると、生計を立てていくために充分な稼ぎが必要になる。

マットのことだから、子供のために経済的な支援を申し出るだろう。それを受け取るべきかどうかはわからないけれど。この子の親権はわたしが持つ。マットにはそうはっきり言うつもりだが、彼が子供との面会を望むなら、それはそれでかまわない。

わたしが彼に会う機会はそのときだけかもしれない。その考えが頭をよぎったとき、胸がきゅっと締めつけられた。あんなに親密なときを過ごしたあとでは、たまの面会の中途半端な数時間は楽しみでもなんでもない。でも、わたしは正しい決断をした。彼にはどんなかたちのプレッシャーもかけるつもりはないし、最後には恨まれるような危険を冒すつもりもない。マットを愛しているからこそ、彼の今後の人生を台なしにするようなことはしたくない。

新しい仕事を探しているとレイチェルから告げられたとき、マットは足をすくわれた気がした。それでもまだ頭の片隅では希望を捨てきれず、自分にこう言い聞かせた。なんとか二人でこの突発事故を乗り越えれば、雨降って地固まるとなるだろう、と。

しかし、突破口が見つからない。レイチェルがダルヴァーストンを去れば、二人は終わりだ。永遠に。

「もちろん、決められた契約期間は働くわ。あと二カ月から未消化の有給休暇を差し引いた日数まで」レイチェルは自分の手帳を調べた。「わたしの計算ではあと六週間になるわ」

「覚えておくよ」マットはぶっきらぼうに言った。歯を食いしばっていないと、胸にふつふつとわき上がる痛みを抑え込めない。レイチェルが退職を考えているということ自体も悲しかったが、その話をほとんど顔色も変えずにできる彼女にも悲しさを覚えていた。

「計算が正しいか確かめなくていいの？」驚いて尋ねる彼女に、マットは首を振った。

「きみのすることにはそつがないから。これくらいのことできみがミスをするはずがないだろう？」無愛想な言い方だが、謝るつもりはない。この話がぼくにはどれだけつらいか、わからないのか。ぼくの気持ちなんて、もうどうだっていいのか？

「それはそうだけど」

その声にはかすかにすがるような響きがあったが、勘違いなどするものか。レイチェルはぼくの理解など求めていない。わが道を行くことに決めた彼女には、ぼくがどうなろうと知ったことではないのだ。

マットはにわかに立ち上がった。「つまり、転職するんだね？」

「ええ。すでに二、三、よさそうな求人を見つけたわ」レイチェルは認め、突き刺したナイフをさらに深く埋め込んだ。たしかに彼女は時間を無駄にしない。そう思うと腹立たしかった。早く二人のあいだに距離を置きたくてたまらないというわけか！

「なるほど」心中に渦巻く感情を抑えつけて言った。ぼくがどれだけ怒り、傷ついているか、知られてなるものか。向こうはなんとも思っていないとなれば、なおさらだ。マットは無関心を装い、肩をすくめた。

本当に無関心になれたらいいのにと思いながら。

「もちろん、喜んで推薦状を書くよ。ここにいるあいだ、きみはすばらしい仕事をしてくれたからね、レイチェル。どこであろうと、きみをチームの一員に加える病院は幸運だ」

「ありがとう」

レイチェルは声をつまらせたが、マットには少し待ってその理由を確かめる余裕はなかった。自制心をなくす寸前にあり、彼女の前でぶざまな姿を見せるまいと必死だった。ドア口まで行くと、しばし立ち止まって振り返ったが、レイチェルはこちらを見てはいなかった。じっと手帳に目を落としているのは、おそらく、ダルヴァーストンでの古い生活のほこりを払い落として新天地での新しい冒険に踏み出せるまで、あと何日か指折り数えているのだろう。

不運にも二人が男女の関係になったことが彼女を追い込み、行動を起こさせたのか？　自嘲混じりにそう思ったが、あわててその考えを消し去った。レイチェルを追いやった張本人はぼくなのかどうかは知りたくない。

「辞める？」

「ええ」レイチェルは笑顔を作ってみせたが、ずたずたの心をかかえてそうするのは容易ではなかった。

「ショックだろうとは思うけど、ロス……」

「まったくだよ！」ロスは椅子にどさりと腰をおろし、当惑顔でレイチェルを見つめた。「辞めたいだなんて、どうしたの？　このダルヴァーストンがとても気に入っているとばかり思っていたのに」

「そうよ……そうだったわ、今までは。でも最近、ちょっとマンネリ化してきた気がして」レイチェルは、息子があまり詮索することなく自分の説明を受け入れてくれるように願いながら、ソファの端に腰かけた。この段階でロスに真実を知られては困るのだ。いつかは知らせなければならないとしても。

「このことはマットとは関係ないよね？　二人は、その……喧嘩なんかしていないよね？」

「どういうこと？」驚いて尋ねたレイチェルは、ロスの物言いたげな目つきに、顔を赤らめた。

「隠したって無駄だよ、母さん。誰の目にもクリスマスのときの二人は熱々のカップルだった」

「あら……そう？」

「そうさ。それに、訊かれる前に言っとくけど、ぼくは二人のことを喜んでいたんだ」ロスは身を乗り出した。「そろそろお二人さんも、一歩踏み出して自分たちのことを考えていい時機だよ。ぼくもマットのことは大好きだし、思うに二人は理想的なカップルだ。たとえ何かあったにしても、本当に二人のあいだで解決できないのかな？」

「残念ながら。そのこともあって、自分の人生に少し変化を持たせてみることにしたのよ。まあ、それだけが理由ではないけど」一瞬、おなかの子のことを息子に打ち明けようかとも思ったが、マットより先にロスに話して、内緒にしておいてもらうのもおかしな話だ。レイチェルは急いで話を続けた。自分の計画が前向きなものに聞こえるように。「わたしももう若くはないのよ、ロス。今のうちに行動を起こさなければ、あとはないわ。数年後に後悔することにはなりたくないの」

「それって本当なの？」ロスは食い下がった。

ある意味、本当であるにせよ、息子の疑わしそうな声を聞くと、レイチェルは顔が赤くなるのを覚えた。わたしがダルヴァーストンにとどまれば、マットに多大な迷惑をかけることになりかねない。そうなったら、わたしは一生、悔やんでも悔やみきれないだろう。「ええ、もちろん本当よ！」声を張り上げて言った。憤慨しているように聞こえるほどの声になっていることを願って。「わたしがあなたに嘘をつくとでも思っているの？」

「ごめん。もちろん、そうは思っていないよ」ロスはため息をついた。「ただ、きっとうまく解決できるはずのばかげた誤解のせいで二人が別れようとしていると思うと、耐えられないというだけで」

「それは違うわ。これはじっくり考えた末の決断で、そうするのが正しいと思うのよ」ロスに押され続けると、うっかり口を滑らせてしまいそうで、すばやく話題を変えた。「とにかく、わたしのことはもういいから。あなたとジェンマはどうなの？」

「最高だよ！　誰かに対してこんな気持ちになれるとは考えたこともなかった。彼女にすっかり夢中なんだ」

「それはよかったわね、ロス」レイチェルは心から言った。

「そう思う？　ヘザーのことがあったばかりで、早すぎると思われるかと……」ロスは不意に口をつぐみ、ひどく心配そうな顔になった。「母さんとマットが別れる原因はそれではないよね？　彼はぼくに何も言わないから、ぼくがジェンマとつきあっているのをどう思っているかわからない。だけど、ぼくがこんなに早くほかの誰かといい仲になっているのは、彼としては受け入れがたいことだと思う。本当に、ぼくのせいで母さんたち二人のあいだにひびが入ったのでなければいいけど」

「あなたのせいではないわ」レイチェルはきっぱりと言った。「誓って言うわ。マットとの別れは、あなたにはまったく関係のないことよ、ロス」

「ああ、よかった！」ロスは悲しげに笑った。「いい年をして、母さんをひどく悲しませたと思うのはつらいから」

「あなたはいくつのときだって、わたしを困らせたことなどなかった」ありのままを言った。「あなたを授かったのは人生で一番のできごとだったわ、ロス。信じてちょうだい、これは本当よ」

「そして、母さんは世界一の母親だ」

ロスは立ち上がって母を抱きしめた。これですっきりしたという様子で、今度は彼女の計画を聞きたがった。レイチェルはまったくの嘘は慎重に避けながら、話せることを話した。おなかの子のことは、検査が全部すんで、結果がはっきりしてから話そう。彼がその知らせをどう受け止めるかが問題だが、それはそのときに対処すればいい。

ほどなく、ロスはレイチェルができるだけストレスなく行動を起こせるように、手伝えることはなんでもすると約束して帰っていった。レイチェルはドアに鍵をかけ、寝室に上がっていきながら、そんな単純な話だったらいいのにと心から願った。引っ越しと転職だけでも充分なストレスになっているはずなのに、残りの要因——マットや、おなかの子のこともすべて考慮に入れると、そのストレスの度合いはまったく未知のレベルにまで達する。でも、うまく対処してみせる。そうしないといけないのだから。そうするのが正しいことだから。マットを彼が望まない状況に追い込んだりはしない。そうはいっても、恨めしく思わずにいられない。もしわたしが妊娠に気づいた時点で、お互いにしっかり気持ちを確かめ合っていたなら、状況はもっと違ったものになっていたかもしれない。そうであったら、二人で何かお祝いをすることができただろうに。

マットは、まるで恐ろしい悪夢に巻き込まれたような気分だった。レイチェルが去る予定の日が刻々と近づいているが、いざその日が来たとき、どう対処したものかわからなかった。状況をさらに難しくしているのは、彼女の態度がひどくよそよそしいことだ。接触するのは業務上の用件のみに限定されていた。このところ親密にかかわってきただけに、疎遠にされているのが身にこたえ、この状況が理解できなかった。

こうも突然、彼女の気持ちが豹変したのはなぜだろう？　ついこのあいだまで、ぼくと同様、幸福の絶頂にいたかに見えたのが、もういっさいかかわりを持ちたがらないとは。考えれば考えるほど奇妙だ。何が悪かったか突き止めないことには、気がおさまりそうにない。問題は、本人に尋ねる機会を持てるかどうかだ。仕事中にその話をする時間はない。彼女はそんな機会を与えないよう、ぼくとは長く一緒にいないようにしている。仕事が終わってから会いに行っても時間の無駄だ。たぶん彼女は話をしてくれないだろう。だったら、ぼくを避けようのない時と場所を見つけるしかない。

ある夜、マットはついにチャンスをつかまえた。受付チームに新しく入ったダイアンのために、キャロルが四十歳の誕生日パーティを企画していた。仕事のあと、地元のパブで食事をしながら一杯やろうというものだ。最初にその話を聞いたとき、マットは行くつもりはなかった。正直なところ、祝いごとほど気乗りのしないものはなかったので、参加は辞退した。しかし、当日になってレイチェルが行くことを知ると、気を変えた。たぶんこれが彼女と話せる唯一の機会だ。さすがの彼女も、みんなが見ている前ではぼくを無視できないだろう。

その夜、マットがパブに着くと、キャロルがカウンターのところにいた。彼が入ってくるのを見て、キャロルはうれしそうにほほえんだ。「よかったわ。やっぱり来ることにしたのね」そして、店の奥を指さした。「あっちに席を確保してあるの。飲み物は何がいい？　ちょうど注文するところだったのよ」

「じゃあ、ビールを頼むよ」マットは財布を取り出し、二十ポンド紙幣を何枚かキャロルに手渡した。「ほら、これを使って」

キャロルは口笛を鳴らした。「なんて気前がいいの、マット。こうして顔を出してくれただけでもうれしいのに!」

マットは愛想笑いをすると、気さくに挨拶の声をかけてくる人たちに機械的に応えながら、店の奥へと進んでいった。レイチェルは隅の席に座っていた。ひどく青ざめて、やつれた顔をしているので、マットは眉をひそめた。彼が椅子を引くと、レイチェルは穏やかにほほえんだものの、目には警戒心が浮かんでいる。なるほど、ぼくは招かれざる客というわけか。「あら、マット。来るとは知らなかったわ」

「そのつもりはなかったが、土壇場で気が変わってね」マットは身を乗り出し、彼女の顔を探るように見た。「それより、きみはここにいて大丈夫なのかい?　くたくたに疲れて見えるけど」

そして、さっと彼女と目を合わせた。自分の顔が今どんな表情を見せているのかわからないが、この際、そんなことはどうでもよくなった。これを逃すと、もうこの混乱をおさめる機会はないかもしれない。だから、心配していないふりをして、せっかくの機会を無駄にしたくない。

彼女のことが心配でたまらない。彼女を愛している。その気持ちをなんとか伝えられたら。こんな告白は迷惑かもしれないという不安は、当然ついてくる。だからといって、ぼくの気持ちは止められない。ぼくは自分の命より彼女を愛している。ぼくと別れるのは間違いだと彼女にわからせる方法があるのなら、神に誓って、それを見つけてみせる。

「それは……このところ仕事が大忙しだったでしょう?　くたくたに見えるのはそのせいだと思うわ」

心臓が早鐘を打つのを覚えながら、レイチェルはマットの詮索するような視線から目をそらした。ここへ来ることに応じたのは、マットは来ないだろうとキャロルが言っていたからで、それだけに、彼が店に入ってくるのを見てショックを受けていた。まつげの下から用心深くマットをうかがい、彼がまだこちらを見つめているのを知って、レイチェルは息がつまりそうになった。何がどうなっているのかわからないけれど、あの表情には驚かされる。なぜ彼はいかにも心配そうな目をして、わたしを見ているの？

「さあ、みんな、飲みましょう！　はい、レイチェル、あなたには特別にジントニックを。これを飲めば元気が出て、顔色もよくなるというものよ」

　トレイいっぱいに飲み物をのせて戻ってきたキャロルが、レイチェルの前にグラスをぽんと置いた。わたしが頼んだものではないわとレイチェルが言おうとしたとき、キャロルが片手で制した。「まあ、いいから。こんな夜にオレンジジュースなんてありえないわ。ダイアンの誕生日のお祝い会なんだから、それにふさわしいものを飲まなくちゃ！」

　みんなが歓声をあげたとき、レイチェルも笑顔を作ってみせたが、こんなことをしてくれなくてもよかったのにと思っていた。今の体ではアルコールは飲めない。とはいえ、波風を立てずにそれをうまく避けられるかというと、それもまた難しい。グラスを取って、一口するふりをする。「うーん、おいしいわ」

「よかったわ。じゃあ、どんどん飲んで。軍資金はたっぷりあるのよ。われらが愛すべきボスのご厚意でね」

　キャロルが意図的にマットのほうへ視線を向けたので、レイチェルは気づいた。彼が持ち前の気前のよさで、みんなの飲み代をおごったに違いない。全員の前にグラスが行き渡ると、フレイザーが立ち上がって乾杯の音頭を取った。

「ダイアンと次の四十年に。それらが健康と富と幸福に満ちていることを祈って」

みんながグラスを高く掲げた。レイチェルが自分の飲み物を手に取ろうとしたとき、突然、グラスがテーブルを横切って飛んでいき、はっと息をのんだ。ジントニックがあちこちにこぼれて、みんなが飛びのいたため、大混乱となった。

「ごめん、ごめん！　ぼくのせいだ」マットは謝りながら紙ナプキンをつかみ、大急ぎで水たまりをふき取った。「ぼくが自分のビールを取ろうとして、グラスを倒したに違いない」レイチェルをちらりと見る。「きみに新しいのをもらってくるよ」

マットは立ち上がってカウンターへ行き、数分後に新しいグラスを手にして戻ってきた。それを慎重にコースターに置き、レイチェルにほほえみかけた。

「これを飲んでみて。きみにはこれがいいんじゃないかな」

レイチェルは用心深くグラスを口に運んだ。何も混じっていないトニックウォーターのきりっとした苦みを感じたとき、体にショックが走った。マットはどうやって、わたしがアルコールを口にしたくないことを察したのかしら？　そう考えてレイチェルはめまいを覚えた。まさか、わたしが妊娠しているのではないかと疑っているわけじゃないでしょう？

不安で胃がむかむかしてきて、レイチェルはあわてて中座し、化粧室へ向かった。つわりは軽くなってきたとはいえ、一日を通して吐き気を催すことがあり、これもその一つだ。冷たい水で顔を洗い、化粧台の長椅子の前にある小さなスツールに腰かけて、何度か深呼吸すると、パニックがおさまり始め、気分が楽になった。マットがあの飲み物を買ってきてくれたことには、これっぽっちも意味はない。わたしがノンアルコール飲料を頼んだとキャロルが言ったのを聞いて、彼らしい気配りをしてくれただけのことだろう。わたしの妊娠を察していると考える理由はまずない。

　これですべて解決よ。レイチェルは心が静まってきたのを感じて立ち上がった。みんなのところへ戻ろうとドアを開け、不意に足を止めた。マットが壁に寄りかかっているのが見える。わたしを待っているのは明らかだ。何を求めているのだろうと考えているうちに、再び胃が飛び出しそうになった。

　にわかにレイチェルは耐えきれなくなった。小さなうめき声をあげて、急いでトイレに逃げ帰り、激しく戻した。個室の床にしゃがみ込み、絶望に目を閉じる。今はまだわたしの妊娠に気づいているわけではないとしても、マットに見破られるのは時間の問題だろう。

13

　ショックの波が爪先から広がってくるのがわかる。それはマットの膝に達し、さらに腰へ、胸へと上昇し、ついに脳に達した。目を閉じて、今夜起こったことになんとか別の説明を見つけようとしたが、どうしても考えつかない。レイチェルが妊娠しているということはあるだろうか？

　マットは再びぱっと目を開けた。やはりそれしかない。それなら、今まで理不尽さを感じていた多くのことの説明がつく。レイチェルは身ごもっている。ぼくの子供を。だからダルヴァーストンを去る決意をした。ぼくに対する気持ちがないというのではなかった――あくまでもぼくの願望だが。そうするのが正しいと彼女が思い込んだだけの話だった。そんなふうに考えてみると、彼女の理屈が理解できる。二人は先の約束をしていなかった。ぼくが本当は彼女をどう思っているのか、レイチェルは知らない。彼女にすれば、子供を利用しようとしていると思われるのはプライドが許さなかったのだろう。子供には父親が必要だからと、一緒にいることを強要するようなまねはしたくないと思っているのだ！

化粧室のドアを押し開けると、いちばん手前の個室の床にレイチェルがうずくまっているのが見えた。その光景にマットの胸は痛んだ。そばにひざまずき、彼女を腕に抱き寄せながら、こんな試練を味わわせた自分をけっして許せないだろうと思った。「もう大丈夫だ、レイチェル。何もかもうまくいく。そう約束するよ」

「どうしてそんなことが言えるの？」レイチェルはささやき、涙で濡れた目を上げて彼の目を見た。

「力を合わせれば、ぼくたちに解決できない問題はこの世にないからだよ」彼女の額から湿った巻き毛を払う。「きみとぼくと、ぼくたちの子供には」

驚きのあまり、レイチェルの目が大きく見開かれた。「どうしてそうだとわかったの？」

「それほど難しいことではなかった」彼女の頬に優しくキスをする。「ぼくは医者だ、忘れないでくれ。その兆候を感知するように訓練されてきた」

「本当にごめんなさい、マット。こうなるつもりはなかったのよ。わたしたちはいつもちゃんと気をつけていたから、思いもよらないことだった」

その声がうわずり、すすり泣きに変わると、マットはレイチェルをさらに抱きしめ、涙ながらにここ数週間の恐怖と心の痛みを打ち明ける彼女を優しく前後に揺すってやった。レイチェルがくぐり抜けてきたに違いない苦悩を思うと耐えがたく、マットはそのことでも自分を責めた。ぼくが彼女をどれだけ愛しているかを告げてさえいれば、こんなことにはならなかった。

マットはレイチェルがもう少し落ち着くまで待ってから、立ち上がるように促した。「さあ、ここを出よう。話をする必要がある、レイチェル。それはここではできないだろう?」

「でも、みんなはどうするの?」駐車場への通路を導いていく彼に、レイチェルは反対した。「黙って帰ってしまったら、みんなは変に思うわ」

「人がどう思おうと、かまわない」マットはきっぱりと言い、車のロックを解除して彼女を乗り込ませた。額にキスをし、シートベルトを締めてやる。

「いずれにしろ、ぼくたちがいないのをいつまでも気にかけるとは思えない。彼らも浮かれ騒ぐのに忙しいだろう」

「そうね、あなたが大丈夫だと思うなら……」

「問題ない。心配しないで」彼女の顔を上向かせて唇にキスをする。「ぼくたちにはもっと大切なことがある。そのことについて考えないといけない」

「したくないことを、無理にしようとは思わないでほしいわ」レイチェルがそう言い出したので、マットは静かにため息をつきながら、彼女の唇にそっと指を当てた。

「無理などしていない。だから、そんな考えは今すぐ頭から追い払っていい」マットは彼女の目をじっと見つめた。「愛しているよ、レイチェル。もっと早く、きみにそう言っていればと思う。でも、自分の気持ちを認めて、正直に打ち明けるのが怖かったんだ」

「あなたがわたしを愛している?」レイチェルはつぶやいた。目を丸くして彼を見つめ返している。

「そうだ。さあ、家に帰って、この問題を解決できるかどうか、やってみよう」

レイチェルは黙ってうなずいた。あまりの驚きで口がきけない様子だ。マットは車に乗り込み、自宅へ向かいながら願った。ぼくが本心を話していることを、彼女にちゃんとわかってもらえていたらいいのだが。愛しているというのは、子供のためにそう言っただけだ、と思われているとしたら耐えられない。それは事実ではない。

そんなふうにうじうじ思い悩みながら、マットはレイチェルを居間に案内した。暖炉の火は消えていたので、新しい薪をくべると、すぐに勢いよく燃えさかった。彼女のほうを振り向いて、その美しさにマットは息をのんだ。暖炉の光を受けて、栗色の髪がきらきら輝いている。ぼくは自らの命より彼女を愛している。彼女を失ってなるものか。

「何か飲むかい？」決意を固めながら言った。

「紅茶がいいわ」レイチェルは目を合わせるでもなく、静かに言った。「でも、その前に歯を磨かせてもらっていいかしら」

「もちろん。どこに何があるかは知っているね。ご自由にどうぞ」

「ありがとう」レイチェルはドアに向かいかけて立ち止まり、振り向いた。「子供のことだけど、マット――」

「それはあとで。きみが身なりを整えたら、何もかも話し合おう」マットは二人のあいだの距離をつめ、彼女の頬に優しくキスをした。「ぼくがきみを愛していることだけは忘れないで、レイチェル。この気持ちは永遠に変わることのないものだ」

「知らなかったわ」レイチェルがささやく。

「きみにわかるはずがないだろう？　気持ちを隠すことにかけては、ぼくはいい仕事をしたからね」親指の腹で彼女の顎の線を撫でると、震えているのがわかった。これは、ぼくに無関心ではない証拠だ。マットは自信を深めた。「もっと前にきみに本心を話していればよかった。そうすれば、この混乱のすべてを避けられた」

「わたしはあなたに気持ちを話す機会をいっさい与えなかったわ」レイチェルは声をつまらせて言った。「これはあなたのせいじゃない、マット。わたしのせいよ。何もかも」

「誰のせいでもない」マットはきっぱりと言った。再び彼女にキスをしてからキッチンへ向かい、紅茶の用意に取りかかった。レイチェルはまだ、ぼくをどう思っているか話してくれていないが、なんとも思っていないはずはない。ぼくの子供を産もうとしているのが、その証拠だ。

マットはほほえみながら、ティーバッグをポットに入れた。今後の人生はまったく違うものになるだろう。もう躊躇も罪悪感もない。そして絶対に後悔はない。ぼくは未来をこの手に受け止めよう。ぼくたちみんな――ぼくとレイチェルとぼくたちの息子か娘を待ち構えているものを、しっかり受け止めて生きていく。

ほどなく、レイチェルはため息をつきながら、居間へ戻るべく、階段をおりていった。わたしの妊娠を知ったときのマットの反応には驚かされた。自分が彼を見くびっていたことを思い知った。子供ができたと知って動揺するものと思っていたのに、それどころか彼は、自ら進んで自分の気持ちを話してくれた。このことは、二人の関係について、いかにわたしが無知であるかを裏づけているのではないだろうか。

そう考えると不安になり、それを振り払えないまま、レイチェルは居間に入っていった。マットがいれてくれた紅茶が暖炉の前のテーブルに置かれている。レイチェルはソファに腰をおろし、信じられないほどの緊張を覚えながら、カップと受け皿を手に取った。もちろん、わたしが驚いたのは妊娠に対するマットのあの反応だけではない。彼がわたしを愛していると言ってくれたことに衝撃を受けた。でも、あの言葉を死ぬほど信じたくても、疑わずにいられない。彼はこの状況ではそうするのが人の道として正しいと感じたから、そう言っただけなのだとしたら？

かたかたと音をたててカップを受け皿に戻すと、マットがこちらを見つめていた。さっき言ってくれたことを黙って受け入れたいのは山々だが、彼の気持ちをきちんと確かめなければ気がすみそうにない。

「マット、義務感でそうしているなら、それはやめてほしいの……ふりをするのは」

「どういう意味だい？」

「あなたはわたしを愛していると言ったけど、それは本当なの？　子供のためにそう言っているだけではないの？」

「それは違う！」マットは力強く言った。「その気持ちを認めるのに時間がかかったのは確かだが、ぼくはきみを愛している。そのことは、きみがぼくの子供を身ごもっていることとは関係ない」

彼の声に信念を聞き取ったとき、レイチェルの胸は幸せでいっぱいになった。「あなたには想像もできないでしょうね。あなたの口からそれを聞けて、あなたが本気なのがわかって、わたしがどんなにいい気分か！」

「いや、想像できるさ」目にあふれんばかりの愛情をたたえて、マットはほほえんだ。「そんなのは簡単だ。自分は愛されているとわかれば、すばらしくいい気分に決まっているからね」

マットが自分に何を求めているのか、レイチェルにはぴんと来た。そのとたん、彼の望みどおりの言葉を返すのが世界でいちばん簡単なことになった。

「もう想像する必要はないわ。だって、それは事実なんだもの。あなたを愛しているわ、マット。とても、とても愛している」

「わお！」マットは朗々と笑った。「これは想像していたよりずっといい気分だ。なにしろ、きみからダルヴァーストンを辞めると告げられたあと、きみはぼくのことなどこれっぽっちも気にしていないんだと、自分に言い聞かせてきたからね」

「けっして辞めたくはなかったわ」レイチェルは告白した。「そうするのが正しいと思っただけで」

「ぼくが再び父親になることをどう思うか、わからなかったから？」

「そうよ……あなたはぞっとするだろうと思ったし、最後にはわたしのことを嫌いになるのではないかと不安だったの」

「きみを嫌いになれるはずがない」心のこもったその言い方に、レイチェルの目に涙があふれた。マットが身を乗り出し、その顔にさっと悲しみがよぎるのが見えた。「もし、ぼくが今夜偶然知ることにならなかったら、きみは何も言わずに去っていったのかい？」

「いいえ！　子供のことはずっと言うつもりだったわ、マット。ただ、わたしたちが一緒でない時点では話さないほうがいいと決断したの。そうすれば、子供のためにわたしと一緒にいなければならないと、あなたが義務感にとらわれることもない。罠にはめられたとあなたに思われたくなかったの」

マットは首を振った。「けっしてそんなふうには感じなかったと思うよ、レイチェル。ぼくはまた父親になることに、とてもわくわくしている」

「本気でそう思っているのね？」涙が頬を伝い落ちるのもかまわず、レイチェルはほほえんでみせた。

「もちろんだ」マットはそばに来て彼女の前にひざまずき、感無量の面持ちで彼女のおなかにそっと優しく手を当てた。「ぼくたちの愛の結晶として、ここに新しい命が育っていると思うと、ともかくもうれしい。ありがとう、レイチェル。こんなすばらしい贈り物をくれて、本当にありがとう」

「この妊娠が出産までたどり着く保証はないわ」レイチェルは急いで言った。二人のこの時間に水を差すようなことはしたくないが、伴うリスクには正直に向き合わなければならない。「さまざまな検査を受けないと。年齢が年齢だから……」

「それはわかっているよ。でも、何が起ころうと、レイチェル、それでぼくの気持ちが変わることはない。変わるはずがないんだ。きみを愛している。そして、いつまでもきみと一緒にいたい。この子はあくまでも、すばらしい授かりものだ」

マットは彼女の唇にそっとキスをした。このうえなく優しいキスは、たちまち情熱的なキスに変わった。レイチェルは自分もどれだけ彼を愛しているか伝えたくて、キスを返した。二人はそのまま暖炉の前の敷物の上で愛し合い、お互いの体は暖炉の炎で温められたうえに、欲望で熱く燃えた。レイチェルは幸福感で胸をいっぱいにしながら、マットの優しい献身に身をゆだね、この数週間の苦悩を溶けてなくならせた。もう二度と彼の心を疑ったりしない。今は心底わかっている。マットは常にわたしに誠実であるだろうと。彼はわたしを愛し、とこしえに求めてくれる人だ。彼へのこの信頼が、関係を長続きさせる鍵になるのかもしれない。そう思っている自分にレイチェルは驚いた。以前はけっして誰も信用しなかったわたしが、今はマットを信頼している。今この瞬間からは、たとえ何が起ころうとも、その信頼が壊れることはないだろう。

新たな発見を得たこの瞬間のことをわたしは一生忘れないだろう。その一生を、マットと願わくはわたしたちの子供とともにしたい。ようやく二人が身を離したとき、レイチェルがマットにそう伝えると、彼の目に涙が光るのが見えた。マットはむさぼるようにキスをすると、彼女を抱き寄せ、ソファから引きはがしたカバーで二人の体を覆った。そうしていると、幸せにすっぽりくるまれている気分だった。

この気分は、とても口では言い表せない。わたしは今ここで、全世界を手にしている。欲しいものも必要なものも全部。レイチェルは夢見心地で思った。わたしはなんて運がいいのかしら。

マットは、何週間も耐えてきた悪夢が安堵の波に洗い流されるのを感じていた。レイチェルが愛していると言ってくれたとき、本気であることに一点の疑いもなく、言いようのない気持ちになった。この美しくて思いやり深い女性が永遠にぼくを求めてくれているとは、にわかには信じがたいことだ。ぼくはこのきわめてまれな、何よりも貴重な贈り物――彼女に愛されているという恩恵を受けている。

「何を考えているの？」

マットは頭を横に傾けて、彼女にほほえみかけた。「きみに愛されているぼくは、この世でいちばん幸運な男だと」

「そして、あなたに愛されているわたしは、この世でいちばん幸運な女性だわ」レイチェルは静かに言うと、彼の顎の横にキスをした。

「うーん、いい気持ちだ」そうつぶやきながら、その気持ちよさをそっくり伝えようと彼女をさらに抱き寄せると、くすくす笑いが返ってきた。少女のように楽しげな声に、マットは喜びで満たされた。

「あなたって飽くことを知らないのね、マシュー・トンプソン！」

「そのとおりで」彼女の肩を軽く噛みながら答える。「反論するつもりはないよ。そうすると点数を稼げるのかな？」

「いいえ、それはないわ……まあ、ちょっとはあるかも」いっそう抱きしめられて、レイチェルは軟化した。「でも、あなたの得点を計算する前に、わたしたちの話を終わらせる必要があるわ」

「ぼくたちと子供に関する話かい？」マットが敷物の上に仰向けになり、レイチェルを腕に抱き寄せたので、彼女の頭が彼の胸にもたれかかる格好になった。「それなら簡単だ。むろん、ぼくたちは結婚して末永く幸せに暮らす……」

「なんですって？　ちょっと待って」レイチェルは体を起こし、マットをじっと見つめた。「結婚って言ったの？」

「もちろん」

「このことに〝もちろん〟はないわ！　結婚というのは大きな責任を伴うことなのよ」

「子供を持つこともそうだ。でも、ぼくたちはそれをしようとしているじゃないか」マットは彼女を見上げてほほえんだ。「昔風の人間だと言ってくれ、レイチェル。だけど、ぼくは結婚を信じている。それは、一緒に人生を築きたいと思っている二人の人間にとって、最高の土台だと思う」

マットはかたわらに彼女を引きおろし、優しく仰向けに寝かせると、唇にキスをした。

「ぼくはきみと結婚したい。なぜなら、きみを愛しているから。これからの人生をきみとともに歩みたいから。きみがぼくのもので、何があってもぼくたちはずっと一緒だということを、身をもって知りたいんだ」マットは離れがたそうにキスをし、彼女の唇の甘さをゆっくり味わった。ようやく身を引いたとき、話を続けるのは一苦労だった。「それに、名誉にかけて誓うよ。結婚したら、情熱の炎を絶やさず、完全燃焼させるのは、ぼくの務めだと心得ていると。けっして、きみをないがしろにするつもりはない。もし、それを心配しているのなら」

「ちょっと頭をよぎったわ」レイチェルは恥ずかしげもなく、にっこり笑って彼を見上げた。

「なら、二度とよぎらせないようにしよう」マットは膝立ちになり、レイチェルの手を取った。「さあ、ぼくと結婚してくれるかい、レイチェル・マッケンジー。そして、ぼくを世界一幸運であるだけでなく、世界一幸福な男にしてくれるかい？」

「それは考えてみないと」レイチェルは答え、考え込むふりをした。マットの腕に抱き寄せられ、激しくキスをされて、悲鳴をあげる。「わかった、じゃあ、イエスよ！　はい、あなたと結婚するわ、マット。ただ、ヘザーとロスがわたしたちの結婚をどう思うかわからないけど」

「きっと大喜びするよ。とくに、子供のことを知ったときには」マットは純粋な喜びから生じる自信をもって、彼女に請け合った。ぼくたちの幸福を邪魔するものは何もない。邪魔させてなるものか！

「二人とも、ちょっとしたベビーシッターをすることに乗り気だといいけど」レイチェルはつぶやいて、彼を引き寄せた。

それは会話を終わりにする合図で、マットに異存はなかった。二人にははるかにやりがいのあることがほかにあり、それもこなした。その夜、彼のベッドで一緒に横たわっているとき、マットはまるで宙に浮いているような心地だった。ぼくは、ぼくの世界を完全なものにしてくれる女性を再び見つけた。さらに、子供も生まれようとしている。これ以上はない人生だ！


二年後……

海から吹くそよ風が、日中の暑さを耐えられるレベルまで冷ましてくれている。マットは岸辺に造られた祭壇のかたわらにたたずみ、きらめく白い砂浜に打ち寄せる波を眺めていた。今日は彼の結婚式の日だ。特別な一日になることは間違いない。彼とレイチェルにとって一生の思い出となる日に。

二人はその週の初めにタイへ飛び、バンコクに数日滞在して正式な手続きを終えた。それがすむと、招待客たちとともに車で沿岸のホアヒンに向かった。海辺で結婚式をするのが昔からの夢だったというレイチェルの告白を聞いて、彼女の望みどおりの式を挙げるため、マットは全力を尽くしたのだった。自国のイギリスは冬だが、ここ熱帯の楽園では連日、太陽が輝いている。これもまた、二人の幸せな人生のきざしだ。

にわかに音楽が変わり、意気揚々とした《結婚行進曲》の調べが花嫁の到着を告げた。レイチェルのほうを振り向くと、マットは愛情で胸がいっぱいになるのを感じた。レイチェルはドレスに関しては秘密主義を貫き、ちらりとさえ見ることを許さなかった。だが、待った甲斐はあった。この日のために自ら選んだシンプルなシルクのドレスをまとい、髪に小さな白い星形の花をつけた彼女は、この世のものとは思えないほど美しい。

マットは花嫁にほほえみかけてから、人々のほうへ視線を移した。二人の結婚の門出を祝うために、みんなはるばる来てくれたのだ。ヘザーは夫のアーチーを伴っている。二人とも輝くばかりに幸せそうで、マットの喜びもひとしおだった。ロスのほうもジェンマを横に従えていて、この二人もまた深く愛し合っているのは一目瞭然だった。ベンとゾーイは、二人のあいだでスキップする娘と手をつないで笑っている。御多分にもれず、恋するすべてのカップルが見せる、幸せと誇らしさに満ちた顔をしている。結婚式が取りやめになったおかげで、こんなに多くの人々が本物の愛を見つけることになったとは、実に不思議なものだ。

「パパ!」

聞き慣れた幼い声を耳にして、マットの笑みが広がった。前に進み出て、小さな女の子をその母親の腕から抱き上げる。ソフィー・ジェーン・トンプソンは、つやつやした栗色の巻き毛から大きな茶色い目まで母親にそっくりで、マットは娘をこのうえなく愛していた。

「やあ、お姫さま。ママのために、いい子にしていたかい？」

ソフィーはこくりとうなずき、髪に編み込まれた小花を上下に揺らした。母親と同じく白いドレスを着ていて、足にはフリルのついた白いソックスに白いサテンの靴をはいている。マットは娘を地面におろし、しっかり手をつなぎながら、レイチェルにほほえみかけた。

「きれいだよ」まなざしに愛をこめながら、静かにそう言った。

「ありがとう」レイチェルは答え、ほほえんでマットを見上げながら、手を彼の手に滑り込ませた。

「気持ちは変わっていないのね？　まだこれを進めたい？」

「ああ、ぜひとも」

マットは彼女の唇にキスをすると、式のために造られた祭壇への入口を示す、花のアーチのほうに花嫁を導いた。祭壇の頭上には日光を避けるためにモスリンの天蓋が取り付けられ、周囲にはたくさんの花々が、色鮮やかな巨大なディスプレーのように飾られている。だが、命あるかぎりレイチェルを愛し、慈しむと誓ったとき、マットにはまわりのものはほとんど目に入らなくなっていた。

肝心なのはこれだ。誓いの言葉。マットはそう思い、一言ずつ心の底から噛みしめるように述べた。そして、レイチェルの思いも同じだとわかると、幸福感でいっぱいになった。二人の歩む人生は、最高にすばらしいものになるだろう。

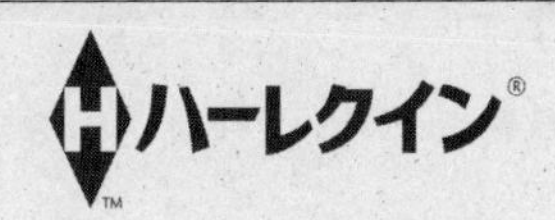

授かった天使は秘密のまま

2023年7月20日発行

著　者	ジェニファー・テイラー
訳　者	泉　智子（いずみ　ともこ）
発行人	鈴木幸辰
発行所	株式会社ハーパーコリンズ・ジャパン 東京都千代田区大手町 1-5-1 電話 03-6269-2883（営業） 0570-008091（読者サービス係）
印刷・製本	大日本印刷株式会社 東京都新宿区市谷加賀町 1-1-1
表紙写真	© Dvoretskaya Tatiana ｜ Dreamstime.com

造本には十分注意しておりますが、乱丁（ページ順序の間違い）・落丁（本文の一部抜け落ち）がありました場合は、お取り替えいたします。ご面倒ですが、購入された書店名を明記の上、小社読者サービス係宛ご送付ください。送料小社負担にてお取り替えいたします。ただし、古書店で購入されたものについてはお取り替えできません。®とTMがついているものは Harlequin Enterprises ULC の登録商標です。

この書籍の本文は環境対応型の植物油インクを使用して印刷しています。

ISBN978-4-596-77544-3 C0297

7月26日発売 ハーレクイン・シリーズ 8月5日刊

ハーレクイン・ロマンス　愛の激しさを知る

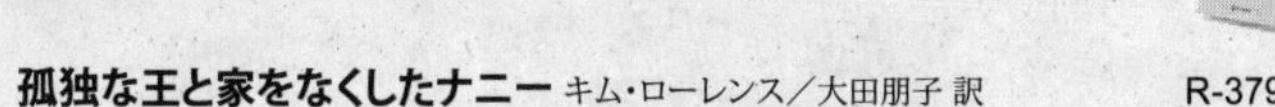

孤独な王と家をなくしたナニー	キム・ローレンス／大田朋子 訳	R-3797
トスカーナの花嫁《伝説の名作選》	ダイアナ・ハミルトン／愛甲　玲 訳	R-3798
ボスに贈る宝物《伝説の名作選》	キャシー・ディノスキー／井上　円 訳	R-3799
王子を宿したシンデレラ	リン・グレアム／岬　一花 訳	R-3800

ハーレクイン・イマージュ　ピュアな思いに満たされる

大富豪の十五年愛の奇跡	ソフィー・ペンブローク／川合りりこ 訳	I-2765
十八歳の臆病な花嫁《至福の名作選》	サラ・モーガン／森　香夏子 訳	I-2766

ハーレクイン・マスターピース　世界に愛された作家たち ～永久不滅の銘作コレクション～

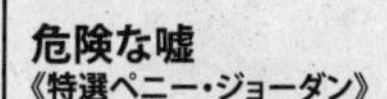

危険な嘘《特選ペニー・ジョーダン》	ペニー・ジョーダン／永幡みちこ 訳	MP-75

ハーレクイン・ヒストリカル・スペシャル　華やかなりし時代へ誘う

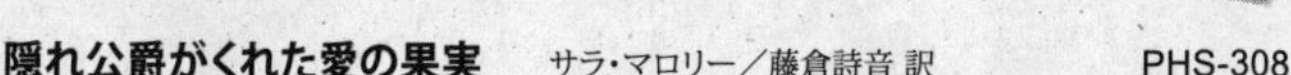

隠れ公爵がくれた愛の果実	サラ・マロリー／藤倉詩音 訳	PHS-308
ふさわしき妻は	ジュリア・ジャスティス／遠坂恵子 訳	PHS-309

ハーレクイン・プレゼンツ作家シリーズ別冊　魅惑のテーマが光る極上セレクション

ガラスの靴のゆくえ	レベッカ・ウインターズ／後藤美香 訳	PB-366

※予告なく発売日・刊行タイトルが変更になる場合がございます。ご了承ください。

今月のハーレクイン文庫

7月1日刊

珠玉の名作本棚

「運命に身を任せて」
ヘレン・ビアンチン

姉の義理の兄、イタリア大富豪ダンテに密かに憧れるテイラー。姉夫婦が急逝し、遺された甥を引き取ると、ダンテが異議を唱え、彼の屋敷に一緒に暮らすよう迫られる。

（初版：R-2444）

「ハッピーエンドの続きを」
レベッカ・ウインターズ

ギリシア大富豪テオの息子を産み育てているステラ。6年前に駆け落ちの約束を破った彼から今、会いたいという手紙を受け取って動揺するが、苦悩しつつも再会を選び…。

（初版：I-2119）

「結婚から始めて」
ベティ・ニールズ

医師ジェイスンの屋敷にヘルパーとして派遣されたアラミンタは、契約終了後、彼から愛なきプロポーズをされる。迷いつつ承諾するも愛されぬことに悩み…。

（初版：R-1297）

「この夜が終わるまで」
ジェニー・ルーカス

元上司で社長のガブリエルと結ばれた翌朝、捨てられたローラ。ある日現れた彼に100万ドルで恋人のふりをしてほしいと頼まれ、彼の子を産んだと言えぬまま承諾する。

（初版：R-2727）